小岛惊魂之
海盗公主传奇

阳光慧◎著

图书在版编目(CIP)数据

小岛惊魂之海盗公主传奇／阳光慧著．—北京：中央编译出版社，2010.12

（秘境寻奇）

ISBN 978-7-5117-0634-8

Ⅰ.①小…

Ⅱ.①阳…

Ⅲ.①长篇小说－中国－当代

Ⅳ.①I247.5

中国版本图书馆 CIP 数据核字(2010)第 218983 号

小岛惊魂之海盗公主传奇

出 版 人	和 龑
责任编辑	王丽芳
责任印制	尹 珺
出版发行	中央编译出版社
地　　址	北京西单西斜街 36 号(100032)
电　　话	(010)66509360(总编室)　(010)66509246(编辑室)
	(010)66161011(团购部)　(010)66130345(网络销售)
	(010)66509364(发行部)　(010)66509618(读者服务部)
网　　址	www.cctpbook.com
经　　销	全国新华书店
印　　刷	北京昌平新兴胶印厂
开　　本	710 毫米×960 毫米　1/16
字　　数	180 千字
印　　张	12.5 印张
版　　次	2010 年 12 月第 1 版第 1 次印刷
定　　价	26.00 元

本社常年法律顾问：北京大成律师事务所首席顾问律师　鲁哈达

凡有印装质量问题，本社负责调换。电话(010)66509618

序言

伟大的航海时代，体现着人类的探索和开拓精神，也写就了一部部海上传奇。那些曾经与世隔绝的小岛，也随之浮出人们想象的海面。于是，关于阴谋与求生、探秘和夺宝的故事层出不穷。孤寂的荒岛上，人性有着怎样的演绎？那些荒岛上生生死死的故事，是否就是人类进化历史的缩影？

在我们生活的星球上，70%的面积是海洋。在远离海岸线的大海深处，大小岛屿星罗棋布，犹如夜空的繁星，神秘而不为人知。

小岛——孤独、神秘，孤悬于蛮荒之地。

恶劣的天气和危险的暗礁无疑都为神秘小岛增添了许多的神秘色彩。同时，当主人公们登上小岛之时，雨过天晴后的恬静幽雅和精美的构图又为观众展现海岛迷人的一面。海岛上茂密的丛林、奇异的生物和婆娑的光影也营造出了蛮荒、神秘和恐怖的气息。

在每个人心中，都有一个只属于自己的独立世界，它像那些小岛一样远离喧闹的世界而又与这个世界充满联系。我们不妨称之为小岛情节。在这个只属于心灵和幻想的小岛上，可以暂时逃避现实生活中的种种困扰，将自己的心情流放到一个自我幻想的世界，在那里我们可以自由飞翔！

而能接近心中梦幻岛的，恐怕只有海盗了。所以孩子们心中的海盗梦想是难以破灭的。

海盗的历史可谓源远流长，可以说有了航海事业也就有了海盗。阴谋、藏宝图、宝藏是典型的海盗文学元素，当然有藏着宝藏并危机四伏的神秘岛，还有暴虐蛮横、阴险狡诈的古老土著人。

由于海盗的特殊性、神秘性，海盗已经成为人们心目中带有传奇甚至魔幻色彩的元素。

这次，我们也讲海盗，讲一个充满悬念、惊奇和童趣的冒险故事。让我们在碧海蓝天、阳光明媚、水晶般清澈的海洋里扬起风帆，载着孩子们的奇妙幻想再次冒险起航。

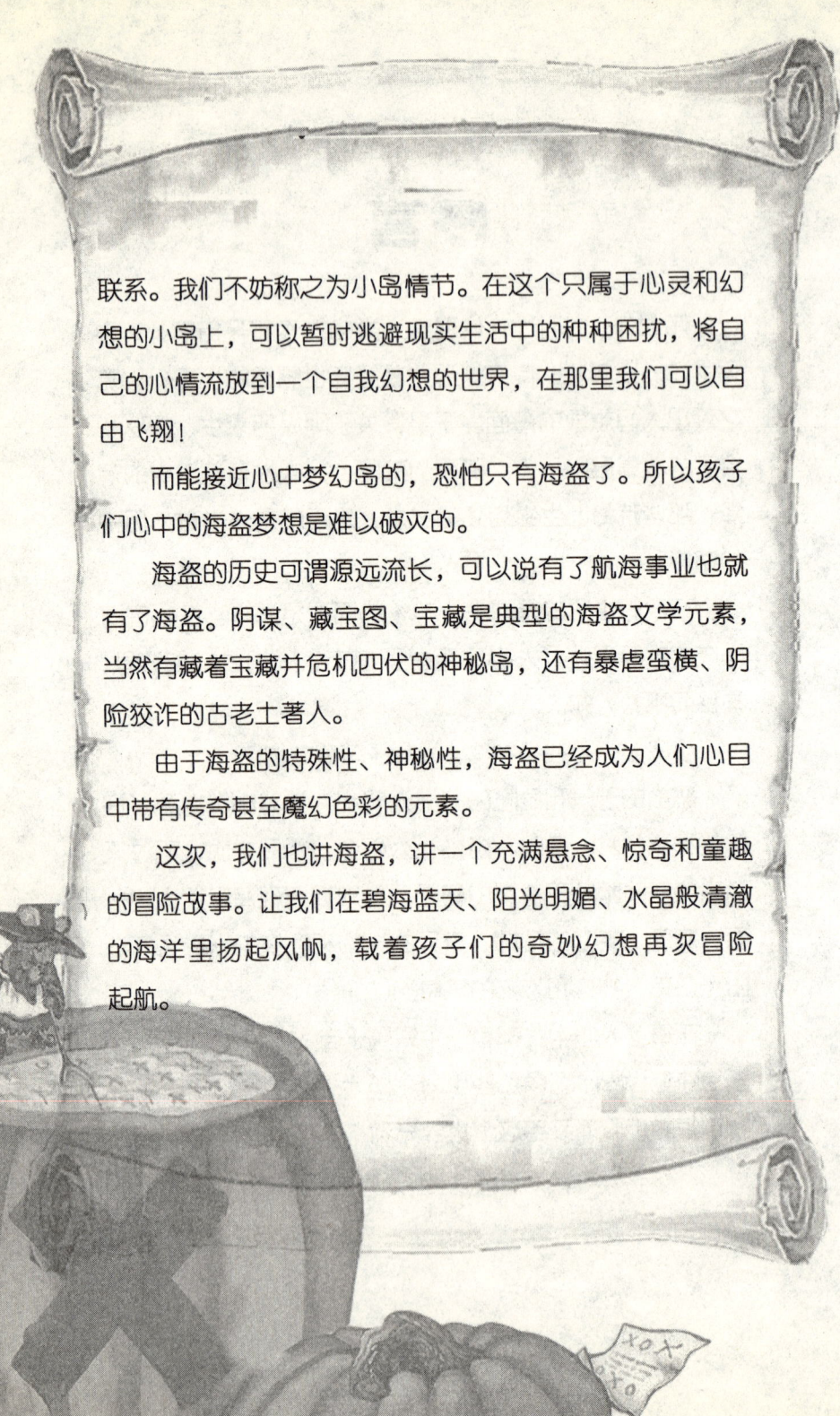

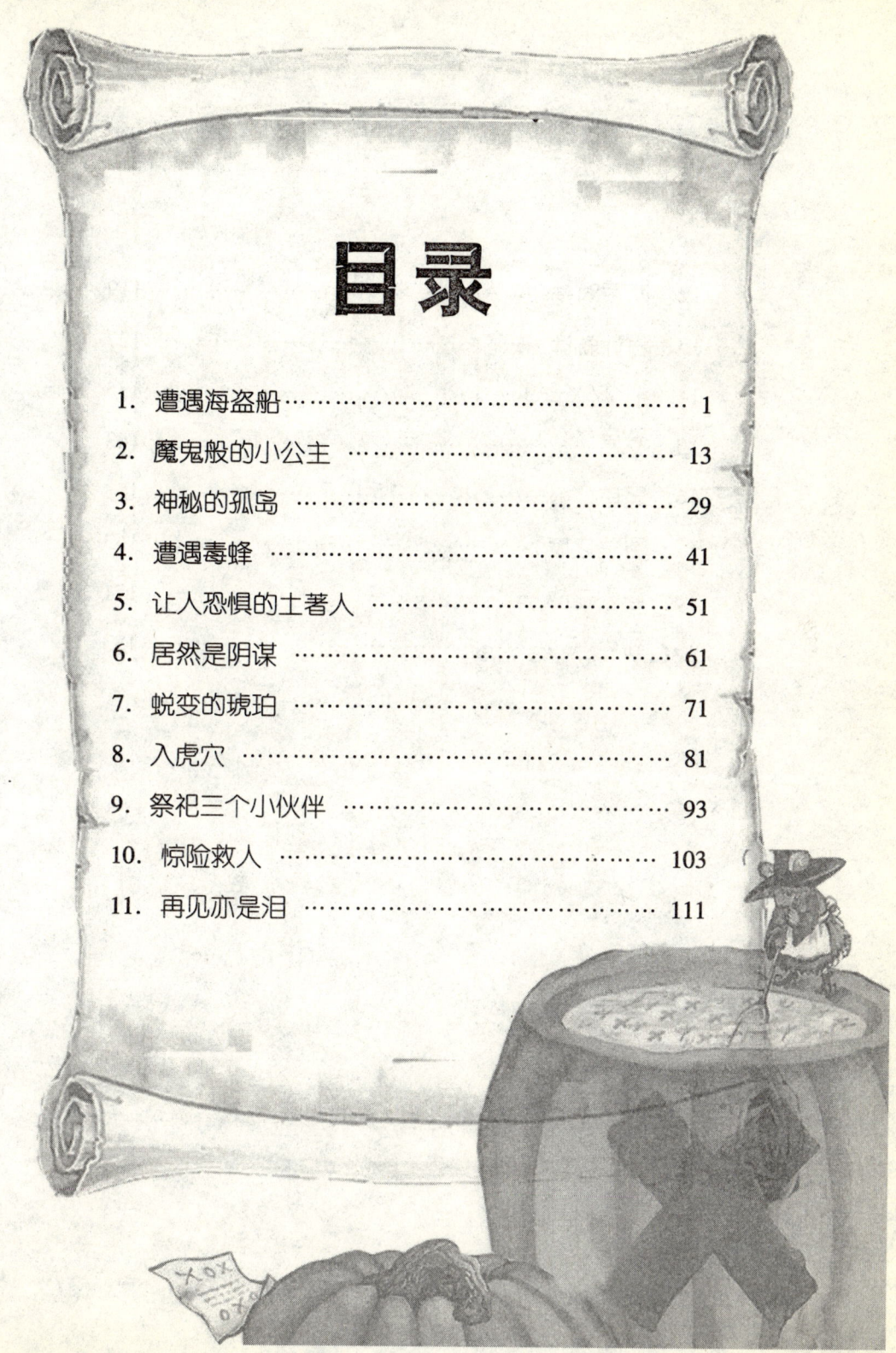

目录

1. 遭遇海盗船 …………………………… 1
2. 魔鬼般的小公主 ……………………… 13
3. 神秘的孤岛 …………………………… 29
4. 遭遇毒蜂 ……………………………… 41
5. 让人恐惧的土著人 …………………… 51
6. 居然是阴谋 …………………………… 61
7. 蜕变的琥珀 …………………………… 71
8. 入虎穴 ………………………………… 81
9. 祭祀三个小伙伴 ……………………… 93
10. 惊险救人 …………………………… 103
11. 再见亦是泪 ………………………… 111

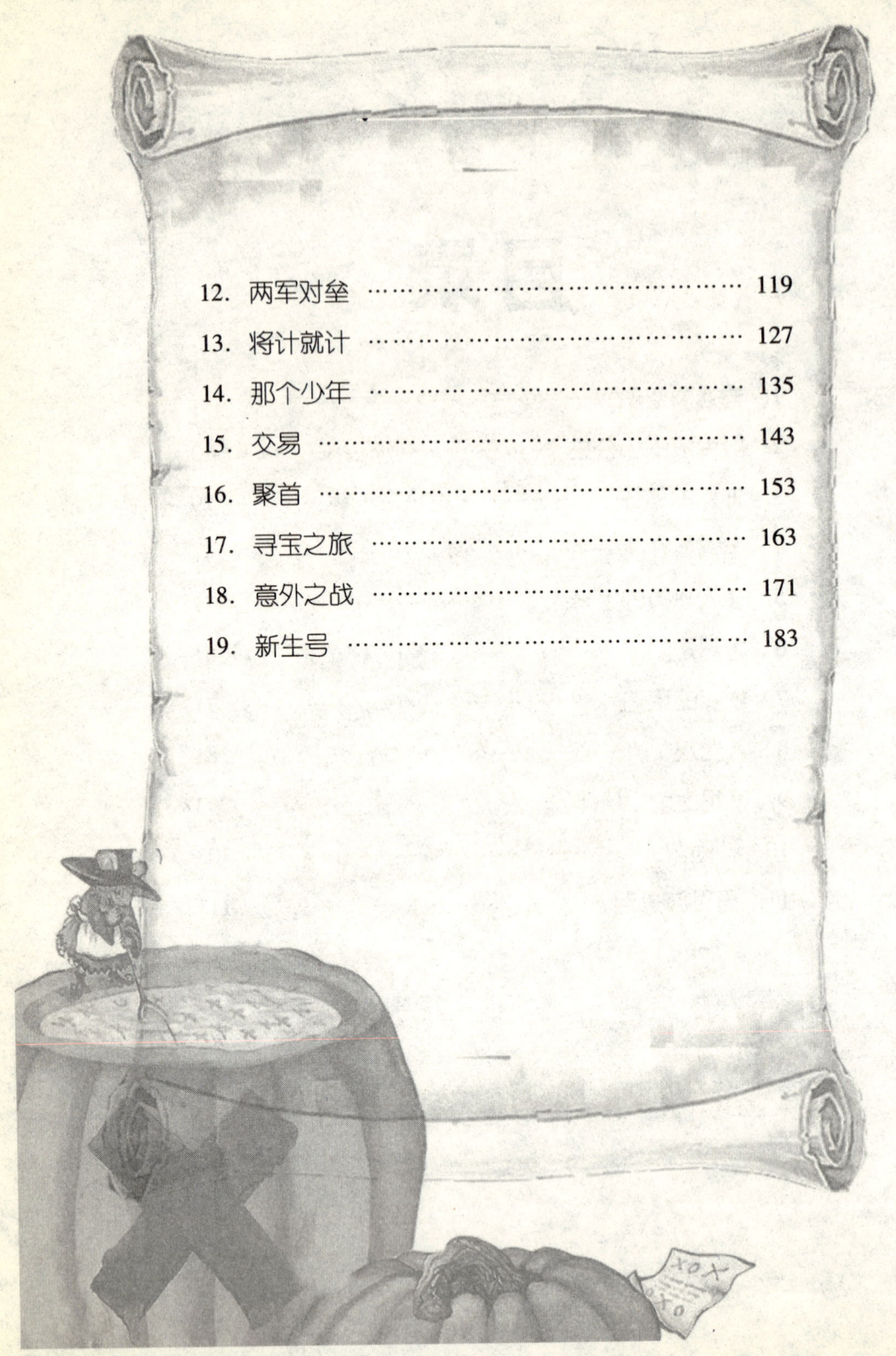

12. 两军对垒 …………………………… 119
13. 将计就计 …………………………… 127
14. 那个少年 …………………………… 135
15. 交易 ………………………………… 143
16. 聚首 ………………………………… 153
17. 寻宝之旅 …………………………… 163
18. 意外之战 …………………………… 171
19. 新生号 ……………………………… 183

1
遭遇海盗船

全是海水！无边无际，让人绝望。

三个小伙伴正抱着一块浮木在海上漂流，已经漂流了三天三夜。

第四天对他们来说几乎是生命的极限，不仅又饿又累，而且口渴得要命。

大海茫茫，波涛汹涌，看不见一块陆地，见不到一艘船只。

曾经对广阔大海的向往，曾经站在豪华游轮甲板上欣赏壮观的海洋……现在的心情是失落、恐惧与绝望。

此刻，他们只能用冰凉的海水润润嘴唇。任何人都知道海水又咸又涩，不能饮用。有好几次他们不得已尝试了海水，结果咸水似苦胆汁又从胃里溢到口中，反而渴得更厉害了。

"我们死定了！"安琪已经不抱任何希望，惨白的脸色，加上脱皮的嘴唇，显得无精打采，没有生机。

淘淘不会轻易地向大自然妥协，他拥有一颗坚强的心。

"塞翁失马，焉知非福！现在下结论还太早哦。"他举目四望，盼

望有船只经过。

文文不想打击他的信心,她比安琪理智、沉着。

"以前我们遇到过很多困难,都靠着我们的智慧、团结、勇敢、坚韧克服过去了,这次我依然有信心。"文文说。

"说得太好了。"淘淘最欣赏文文的通情达理。体力快要耗尽了,他费尽了力气才抬起一只手。

安琪强忍着把痛苦埋进心里,不再抱怨。

"一脸傻乎乎的,快点把镜子拿出来。"淘淘伸手朝她,很明显是跟她要东西。

"你要镜子干什么?"安琪奇怪地问。

"你以为我要在临死前照照镜子吗?再说了,我可没有你那么爱美,所以本人没有随身携带镜子的习惯。"淘淘说话时还照样充满活力。

安琪生着闷气:"又在讽刺我,我好欺负,是吗?"

淘淘朝文文望去,文文会意,替他解释说:"我们身处大海比身处沙漠还危险,如果不尽早想办法求救,恐怕我们没有渴死饿死也会葬身鱼腹。"

"鲨鱼——"听闻此言,安琪第一个想到的便是海中最凶猛残忍的杀手,她原本煞白的脸色瞬间变成青色。

"如果在陆地上就比较容易设立求救标志或信号,现在我们在海上,只能利用反光镜。利用反射信号是比较有效的方法,镜子、玻璃片、罐头皮等均可用来反光。"淘淘边说边用舌头舔舔干燥的唇。

"你不是随身带着放大镜吗?"安琪说,一只手已经摸进裤兜。

"早在大风暴侵袭时丢失了。"淘淘想到三天前惊魂的一幕就浑身直冒冷汗。

三天前他们可是舒舒服服地躺在甲板上晒太阳、看风景，大话连篇。能有此番际遇，完全是因为三个小伙伴幸运地抽到了奖券，获得乘坐豪华游轮环游世界之旅的机会。但幸运的同时伴随着大不幸，豪华游轮遇上大风暴，触到暗礁，最后沉了。

"不知道其他人怎么样了？"文文在替同他们一样不幸的人们担心。

殊不知他们最不幸。由于被浮木漂离沉船位置，偏离搭救人员经过的航线，结果他们成了唯一没有被搭救上飞机的游客。

这些情况他们竟然是从一位高傲的公主口中得知。他们没有想到高傲的公主才是痛苦磨难的开端，祸端的制造者。淘淘的弱点也在公主身上发挥得淋漓尽致。

淘淘举着圆镜在头顶晃动，希望反光能让远处的船只或高空经过的飞机看见。

事情往往没有那么顺利，老天爷好像要跟他们作对似的。周围居然冒出了黑雾，很快他们的目光便看不到浓雾掩盖着的东西，达到了连白天和黑夜都分辨不清的危险境地。

黑雾遮挡，还有谁能看得见反光？

安琪沮丧到了极点，只感觉这下子他们真的走到了尽头，生命危在旦夕。

文文渴得不行了，嘴巴机械地一张一合，仿佛在喝空气。

淘淘用仅存的男子汉气概安慰她们：

"不要惊，也不要慌，我们可以再想办法，事在人为！"

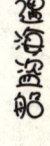

突然，文文眸子一亮，胳膊哆哆嗦嗦扬起，激动得手指颤抖。

一个有形的庞大物体在浓雾中若隐若现，物体激起的水声十分激烈、昂扬。

三个小伙伴顿时心情振奋。船！是不是船来了？

"救命！救——命——"

三个小伙伴激动得泪花涌动，不停地挥手，声嘶力竭，几乎用尽全部力气呼救。他们把全部希望都灌注在那个物体上。

那个物体拨开雾气，前端形似船舷，朝他们行驶而来。

哗哗的水声格外响亮，那个物体似乎在进行百米冲刺。

三个小伙伴感觉到了，心跳加速，仿佛要撞破胸膛。

他们的目光倏地一寒，心猛地一沉，同时热血上涌——鲨鱼！

呼喊声没有招来船只，却引来了海洋猛兽。

这一刻他们知道死神就寄宿在这头鲨鱼身上，下一秒死神就会与他们进行会面。

沉默弥漫在四周，惊恐情绪压迫得他们喘不过气来，甚至不敢眨动眼睛。

庞大的鲨鱼张开一排排白得发亮、尖锐似刀锋的牙齿，以汹涌澎湃之势翻身跃起，准备一口吞掉他们。

水面高扬的白色浪花映照出淘淘的脸，他已经吓得全身僵硬，瞳孔里不由自主地流露出绝望之色。

时空仿佛瞬间凝固！

哗啦啦——

鲨鱼跌落水里，掀起浪花无数，声声震耳欲聋，好似万马奔腾。

突然——

一张巨大的网飞落下来把鲨鱼缠牢，也把三个小伙伴缠紧。一股巨大的拉力正使劲把鲨鱼和他们往后拽。

三个小伙伴好久都没有回过神来，刚刚他们的头都已经快进鱼嘴里了。紧张万分的心脏还在跳动，同时松了一口大气。虽然逃过了一劫，却无法轻松，他们的身体正紧紧贴在鱼嘴前端，还好鲨鱼的嘴暂时被网勒得无法动弹，只是它还眼巴巴地盯着猎物——三个小伙伴。

到嘴的美味顷刻间溜掉了，谁都会不甘心，海洋生物也一样，更别说这头鲨鱼，它好像已经饿了半个月。

浓浓黑雾中，一艘巨大的黑船冒了出来，不仅船身黑得离谱，船帆也是黑得油亮，只是帆上有一个红得似夕阳的标志：两根骨头交叉，骨头下是一个骷髅头。

看上去船只相当古老，像从坟墓里钻出来的，诡异神秘，阴森可怖。

三个小伙伴和鲨鱼被机器拖上甲板时，他们立马认出了那特殊的标志，都不约而同惊叫着往后缩。

这是一艘海盗船！

"海盗——"安琪唯恐旁人不知道，再次放声尖叫。

而海盗船上的海盗一个个饥饿难当，他们看见鲨鱼露出一副副饿狼般的丑态。看来他们也饿了好几天，否则绝不会出手逮捕这头没有多少油水的鲨鱼。

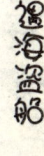

三个小伙伴注意到海盗成员以少年居多，大人较少。

船舵处下来一位约莫四十岁的男子。他身体壮实，皮肤黝黑，一道

小岛惊魂之海盗公主传奇

深深的疤痕劈在他的脸和脖子上，消失于胸脯以上的衣衫里，而且只有一只眼睛，另一只瞎了，用一条黑布蒙着。

此人经过风雨，见过世面，敢于冒险，曾在世界各大洋上神出鬼没。他便是海盗船船长——虎克。

虽然他只有一只眼睛，但那只眼睛非常冷，好像随时准备要吃人的样子，是一般人所谓的蛇眼。这只异常冷酷的眼睛盯得三个小伙伴浑身直打哆嗦。

"我们捕的是鱼，怎么把人也给捕上来了？这不是给我添乱吗？把他们丢下去！"

虎克船长的话让三个小伙伴傻眼了。

立马，一个体魄健壮的大力士从甲板另一头稳步走来，他粗鲁地先抓起淘淘，就要往船舷下方丢掉。

淘淘脸色灰白，身体僵直，被拎在半空中。

两个女生比他还害怕，瑟瑟缩缩，不知如何是好。

三个小伙伴知道什么是海盗——霸道不讲理！在海盗面前他们没有拒绝的权力，待遇和鲨鱼差不多，被硬生生拉上船的同时，又要被无情地抛弃。

即将松手之际，船舱里却传来一声喝止：

"先别急！大力士。"

舱口探出一双琥珀色的眼睛，正紧紧地盯着三个小伙伴，藏在阴影下的嘴角忽然泛出银铃般的窃笑。

哪知大力士反应较慢，手掌已经松开了。

啊——

淘淘在空中自由落体，任凭手脚并用也无法够到船舷，两个女生哭叫了起来：

"淘淘——"

大力士刻意望一眼虎克船长，虎克船长点头示意。

大力士领命，翻身跃出甲板，整个人腾空在船舷外，只用一只脚钩住船舷。

他出手如一只夜鹰般敏捷，指尖夹住了淘淘因急欲求救而伸长的双手。

淘淘疼痛难忍，大力士过度用力夹疼了他的手指。

疼痛随着一股冲击波迎风而逝，他被大力士抛向了空中。

淘淘的身体在半空中画出了一道优美的弧度。

砰——

他落在甲板上的姿势并不好看，像只丧家犬趴在众人脚下。

他也不想这样，但浑身的骨头散架一般，使他一时间无法动弹。

船舱的人儿消失了，却蹦出一只动物——红袋鼠！

最著名的袋鼠是红袋鼠，其体型最大。红袋鼠前肢短小，前爪可以抓握东西，后肢长而粗壮，弹跳力特别强。受到敌害追逐的时候，它们可以一下子跳出七八米远，两米多高，是天生的跳远跳高能手。

这只红袋鼠看起来十分灵巧，像只活泼的大猫蹦来跳去，一下子会蹦得老远。

它的口袋鼓鼓的，似怀孕的母袋鼠。

这时，那个俏皮的声音又响起：

"爸爸，丢了他们多可惜，船上不是正缺人手吗？本来你就不该雇

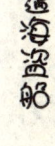

佣小孩，看看这么多少年，十个人的力气都顶不上一个大人的力量。"

这些话提醒了淘淘，他勉强爬起来，再次仔细打量船员。那些晒得黝黑的少年虽说一个个虎头虎脑，但也像极了非洲难民。

这就是海盗帮成员吗？为什么船长不择优而用？在海上使用大人确实比使用小孩更有用。真是奇怪的事。

更奇的是，他发现那个俏皮声音来源于红袋鼠，袋鼠会说话？

红袋鼠已经跳到虎克船长身旁，短小的前肢正轻挠着船长强壮的胳膊，似乎在巴结他。

"女儿，你的建议不错，不过我这么做自有我的道理，这一点你无须操心。"虎克船长拍拍红袋鼠的脑袋，父爱的柔情在身上荡漾开。

"谢谢爸爸。"红袋鼠身上传出的声音显得欢欣鼓舞。

"袋鼠会说人话？还和人类建立了父子关系，这是太平洋上发生的奇事吗？"连安琪也迷迷糊糊地相信了眼前所见。

"袋鼠不会说话——"文文并不肯定，她发现红袋鼠的嘴巴没有张开过，难不成它会说腹语。

"放开她们！"红袋鼠一个跳跃，来到淘淘跟前。

大力士像老鹰抓小鸡似的，把两个女生从渔网中揪出来，撒手放在一旁。

两个女生还没从惊吓中缓过来，双腿仍在发抖。

听到"特赦令"下达，并发挥了效应，淘淘来了精神。他感激地注视红袋鼠，用最真诚的话语说：

"太感谢你的救命之恩了，我们无以回报，但是我们绝对会在船上好好干活，以回报你的大恩大德。"

"说到做到！"

话音刚落，红袋鼠的口袋里探出一张脸：一双明眸如秋水，却是迷人的琥珀色，两道秀眉如杨柳，娃娃般的脸庞上一张满含笑意的小嘴，给整张脸添了一份甜蜜和可爱。

女孩从口袋里爬出来，身高和淘淘有的比，年龄也就十三岁。生得腰肢纤细，肤若凝脂，和虎克船长相比完全不是一类人，她就像个小公主，而且还是个小魔鬼！

一头波浪形的长发晃到淘淘脸颊，水灵灵的眸中此时正闪烁着兴奋的光芒，她的笑容还是那么甘甜。

淘淘被她的花容月貌迷得目不转睛，甚至感到紧张，频频喘气。

两个女生双眼闪亮，眼巴巴地看着她，她们对美貌的小公主露出赞叹的神色。

小公主的衣着也是相当华丽，她一出场，身上散发出的珠宝光芒几乎把所有人晃花了眼。

一个少年站在船头跷跷板上欲取头上悬挂的缆绳，因为把注意力集中在小公主身上……

砰——缆绳被他拽下来，他却没去抱住，一大捆缆绳砸在跷跷板上。

嗖的一声，少年已经飞了出去，被跷跷板弹出了老远。

落水时他才找回自己神游八方的思想，海浪声合着他的求救声遍布四面，他的肢体在海水拼命挣扎，不让海水灌进自己的嘴巴。

船员和三个小伙伴全都目瞪口呆地伫立原地，活像被点了穴。

"丢人！"虎克船长抛下一句话，面色恢复冷漠，一步步踏上船舵。

小岛惊魂之海盗公主传奇

大力士拿起缆绳,把一头甩出去。

少年抓住缆绳才得以脱险。

"干活!"大力士一声令下,一只手亮出一把斧头,开始对鲨鱼下手。

三个小伙伴面对小公主,一副尊敬的样子,脱水的面色使他们看起来更显可怜巴巴。

小公主心领神会,两只手在红袋鼠口袋里摸出三个兽皮水袋丢给他们。

三个小伙伴接到水袋,立刻狼吞虎咽狂灌。

一大口水刚下肚,三个小伙伴同时一边咳嗽,一边呕吐,痛苦不堪,连苦水都呕出一大摊。

小公主后退几步,捂着鼻子,发出诡异的嬉笑声。

"你给我们喝的什么?"

两个女生脸色不悦,怒火中烧。

淘淘只是凝视小公主,不停作呕。

小公主摇摇头,语出惊人:"叫我主人,从现在起你们是我的奴隶!"

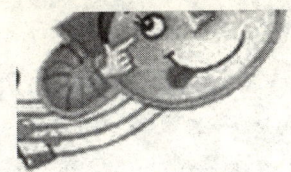

2

魔鬼般的小公主

三个小伙伴简直不敢相信这种话出自小公主之口。她的相貌属于乖巧一类，况且刚才明明表现得那么善解人意，还从冷酷的父亲手里救下他们。

"奴隶没有资格喝淡水，在海上最宝贵的资源就是淡水。"小公主的眸子冰冷无情，连带的让四周气氛变得如同寒冬。"刚才你们喝的是袋鼠的尿液。"

她说得轻描淡写，甚至是理所当然的表情，所有人都畏惧地缩了缩脖子，观察着她的脸色。

三个小伙伴再次震惊，脸色刷地变得极度苍白，瞠目结舌。

两个女生脸上浮出怒气，奋力甩掉水袋。

淘淘热切的心瞬间冰冷，双手紧紧攥着水袋，几乎要把剩余的尿液挤爆。

"你们这是干什么？我救了你们，你们就这样回报我吗？先前信誓旦旦，如今变卦得真快。你们的本事就会说话当屁放吗？"小公主眨巴

小岛惊魂之海盗公主传奇

着毫无感情的眼睛。

两个女生仍然有气,但事实是,她的确救了他们。

淘淘知道,这次他们"虎口"脱险,却又上了贼船,命运跟他们开的玩笑一次比一次严峻。他们真的无从选择了吗?

小公主是个明眼人,嘴角不禁露出诡异的笑意,眼色由冰冷转入柔和,声音细小亲切:

"我也是不得已而为之,如果不这样,我父亲会杀了你们!我这是在帮你们,知道吗?"

"我不明白,你父亲为什么要杀我们?"淘淘主动靠近她几步。

"你们也看到了,我父亲有多疼爱我,我是他唯一的亲人,在他眼里我是他的宝贝。如果我对别人好,他会认为别人在诱骗我,他说我这个年龄最容易上当受骗,他怕我离开他,他不想孤老终生。毕竟没有人会喜欢一生与大海、与大船为伍,而且还是海盗船。随着年龄增长,我确实厌烦了单调的海上生活。有一次船上来了一个少年,我与他亲近了些,让他给我讲关于陆地上的生活,父亲就动怒了,他不允许我向往陆地生活,说什么是少年在引诱我离开海盗船。于是就霸道地捆住少年,把他扔进海里,不管他的死活。这种情况,少年只有死路一条。从此以后,我再也不敢与任何人亲近,亲近就是伤害,我害怕你们也会跟他一样下场,只好……"小公主竟然抹起了眼泪,泪水把她的小脸弄得湿漉漉的,"只好委屈你们,对你们苛刻是为了救你们,我爸爸很厉害的,我不能让他看出来,其实我很喜欢你们。"

三个小伙伴备受感动地说,"我们误会你了,对不起!"

淘淘忍不住产生怜惜的情感,看到美丽、善良的小公主哭泣,他能不表现殷勤吗?他伸手就要帮她擦拭眼泪。

两个女生急忙拉回他的手,"别忘了船长!"

这一提醒，淘淘露出尴尬的神色。

"没关系。从现在起——"小公主的话被两个女生慷慨激昂的话语打断。

"从现在起我们听你的，一切都听你吩咐。"两个女生说。

"如果打了你们呢?"小公主故意小心翼翼地说。

"没关系，我们能忍，一切为大局着想。"淘淘满脸喜悦，因为他以为小公主是个天使。

"我叫琥珀。"小公主说。

"我们叫你主人。"

三个小伙伴由被动变为主动，心甘情愿听她使唤。

"好，去干活吧，擦甲板。"说完，琥珀转身，嘴角缓缓扬起一抹如恶魔般的邪恶笑容。

对付不服输的人她自有招数，这就是她的游戏规则。等到她玩腻的时候，就会露出真面目，让三个小伙伴身心俱伤，再把他们抛弃。

曾经她就被一个少年伤害过，这个少年便是她跟三个小伙伴说的少年，只是她说的版本与事实相反。

从此她再也不相信外人，除了父亲。戏谑、折磨外人便成了她的特殊嗜好。

"对了，"她忽然转过身，幽幽地说，"那个水袋——"

很明显，她在示意要他们喝掉尿液。

淘淘二话不出，拔掉塞子，连口气都不喘就喝光了那袋又臭又恶心的尿液。

两个女生捡回水袋，捏着鼻子，一口一口喝光。

琥珀把阴笑藏在心里，口气故意硬中带柔，"为了保存实力，喝水才是明智的选择。"

这一刻,船上变得一片死寂,原本喧闹鼎沸的声响,陡然安静得像是墓地。船员因为震惊,甚至忘了呼吸。

只有船员明白琥珀的为人,他们震惊的是琥珀的演技越来越叫人折服。

连虎克船长重重地咳嗽一声。

船员们的脸色大变,像是老鼠遇上猫,颤抖着双手继续忙活起来。

这一声也是一种警告,警告任何人都不许揭穿这个谎言,否则格杀勿论。

海盗船又变得闹哄哄,吆喝声、斥责声、打骂声搅成一团。

琥珀回到船舱,倒在自己的床上大笑不止,几乎笑得肚子疼。

红袋鼠见到主人如此欢愉,在一旁"添油加醋"为主人欢庆,它用弹跳、转身、拍掌等肢体语言表现。

一个小时后,琥珀出舱视察三个小伙伴的干活情况。

还没走到甲板,她就气得火冒三丈,抽出夹在背后的棒槌,迅速冲向三个小伙伴。

三个小伙伴没有擦完甲板就累得趴下睡着了,本来他们就又饿又累。

船员没有管他们,更没有提醒他们。他们属于小公主的奴隶,谁都不敢干涉。

见到凶神恶煞的小公主,一群水手只敢谨慎地偷瞄她几眼。

"起来!起来!起来!"琥珀怒击三个小伙伴的屁股。

哎哟——

哎哟——

哎哟——

三个小伙伴痛叫失声,仿佛屁股着火般跳起来,并在原地转了三

圈，像是在找火源，准备扑灭它。

周围传来一阵细细的嘲笑声。

三个小伙伴如梦方醒，睁大眼睛看着琥珀，顿时明白了怎么回事。

琥珀握紧棒槌，毫不留情地说：

"干活时偷懒必须受到惩罚，你们不知道吗？"

"不知道。"两个女生无辜地摇头。

"现在呢？"琥珀变低的声音里，听不出任何情绪，维持着平日的冰冷。

"知道了。"淘淘紧张兮兮地看着她，她生气的样子着实吓人。

"还要惩罚我们吗？"安琪声音怯怯的。

琥珀冷漠的声音，冻得人都要颤抖了：

"没有规矩，不成方圆，你说呢？"

"要！"淘淘连考虑的时间都不留给自己，回答干脆、爽快。他在努力讨好琥珀，没办法，他这个人的本性难改，见到小美女就糊涂了。

两个女生用抱怨的眼神瞪了一眼淘淘，淘淘视若无睹，他更在乎琥珀的想法。

琥珀唤来红袋鼠，从它口袋里掏出一条肉色绳索。

绳索被抛在地上。

三个小伙伴不解地盯着绳索，似乎听见一群人同时倒抽一口凉气的声音。他们抬头察看时，船员都避开他们的目光，装模作样各自干活。

"你们自己动手把同伴绑起来。"琥珀仰着头，娇小却又骄傲的模样，像极了一只不知天高地厚的猫儿。

"绳子只有一条，怎么绑？"文文直率地说。

"怎么绑都可以，只要你们在同一条绳索上。"琥珀嘴角上扬，一声轻笑从她口中逸出，"要绑牢哦，死结最好，否则——"

"小事一桩,都包到我身上好了,我一定绑住她们,包括我自己。"淘淘热情不减地说。

琥珀给了他一个满意十足的笑脸,淘淘就乐得不行了。

他三下五除二就把同伴和自己捆在一起,打的死结连自己都解不开。

琥珀摸摸拳头大的死结,眼里闪着危险的光芒,嘴角带着一抹若有若无的笑容。

"为什么要绑我们?"安琪这时才问出傻得冒泡的问题。

琥珀毫不隐瞒,直截了当地说:

"免得有人跑了。"

"什么?"

三个小伙伴闻言呆愣住。

"这也是规矩吗?"淘淘强烈地预感到不祥,说话差点结巴。

"知道烤肉串吗?"琥珀险些笑出来。她的诡计实施得如此顺利,连她都不得不赞叹自己高明。

"你不会是要烤了我们吧?"文文仅凭猜测就吓得花容失色。

"对!"琥珀诡笑着点头。

三个小伙伴的心随着她的动作沉到深渊。

"我爸爸一直在看着我们,你们说我要不要照章办事?"琥珀又现出一种无奈的神色。

这一招让淘淘不知所措,他立马回应她说:"办!"

琥珀真的就要失声笑出,她不得不很努力地控制住兴奋的情绪。

"准备!"

她高呼一声,几个水手便忙得不可开交。

一会儿工夫,一块火红的铁皮呈现在甲板上,长达三米,宽一米。

三个小伙伴盯着烧红的铁皮，脸色倏地煞白。

"怎么烤？"淘淘害怕地问，语气中有掩不住的颤抖。

"从铁皮上滚过去，惩罚便结束了。"琥珀邪气的目光瞟向每一个人，似乎恫吓的人不止三个小伙伴。

"早知如此，我们说什么也不敢打盹啊！"安琪懊恼又恐惧地说。

"这不是为难我们吗？我们三个人绑在一块，怎么滚？恐怕没有滚完全程，我们就变烤猪了！"文文的心霎时慌了。

琥珀的嘴角扬起一抹自信的笑容：

"不是烤猪，是烤人！"

听到她此番言语，淘淘心中却有一种浓浓的失落感，可是脑子里另一个声音对他说：加油！淘淘，连这点勇气都没有，会被小美女看扁的！

"好，我滚！"他启动哀求的眼神，"只是，能不能放过两个女生，她们是女孩，这种残酷处罚对她们来说是难以承受的，请求你对她们网开一面吧？"

两个女生的眸子里涌出热泪。

"淘淘——"

琥珀第一次碰见如此有勇气的少年，这个少年表现出来的重情重义使她心中某种柔软的东西被触动一下，她完全没有在意，直接忽略心中所想，口语仍然狡黠："你是个仁义少年，纵使我——"

轻柔的声音在他耳畔低语：

"纵使我有心帮你，可是爸爸他——你去问他好了，他若同意，大家便能相安无事。"

"我们去求船长！"淘淘抱着希望对两个女生说，同时用友好的目光扫视琥珀。他对她一直充满好感，这种情感在逐渐加深。

很快，淘淘的希望被打破。刚迈上台阶第一步时，大力士便从船舱上走下来，他出手阻止说："船长在休息，任何人不得打扰。"

"怎么办？"淘淘急得如热锅上的蚂蚁，不停跺脚。

"我们是患难与共的好朋友，这点困难既然躲也躲不过，就让我们一起面对，一起克服吧！"文文眼中闪过坚决的光芒。

"好吧，这次需要拿出勇气来，我们一起加油！"安琪也妥协了，眼睛却不争气，溢出了恐惧的泪花儿。

琥珀那双如子夜星空的眸子凝视三个小伙伴，不言不语，许久没有移开。

"琥珀公主，铁皮已经冷却了一半，要不要换块新的？"一个少年水手低声问。

琥珀瞪他一眼，厉声道："还用问么？当然要换！"

三个小伙伴被她嘴里喷出的话吓呆了，两个女生一双水晶剔透的眼珠，差点没跌出来。

在换铁皮的空当，琥珀不失时机，凑到他们耳旁，沉声说："知道那些水手喜欢打小报告吗？如果让我爸爸知道我对你们留情，他一定会用更严厉的手段惩罚你们，说不定还会让你们重过一遍滚烫的火红铁皮。"

三个小伙伴同时皱起眉头，相信了她。

在她心里，没有把三个小伙伴整惨她是不会甘心的。

红彤彤的铁皮再次新鲜出炉，被护送到甲板。

三个小伙伴的脸庞再次掠过恐惧之色。安琪没当场吓得昏厥过去，已经很难得了。

三个人平躺在甲板上，抱成一团。

淘淘一马当先，鼓足勇气，深吸几口气。他将第一个接触铁皮。

哧——

衣服一触到火红的铁皮就烫焦了。

"速度,我们要快速滚过去!"淘淘嗅着浓浓的烧焦味,心跳似乎提高了好几倍,又仿佛心脏在嗓子眼狂跳,他已经紧张得全身冒冷汗。

"过!"

他一声高吼。

哧哧哧……

滚烫的铁皮烫破他们背上的衣裳,在他们背上烙下红印。

他们速度如风车,连惊叫的时间都没有,满脑子只有一个信念:加速,再加速!

船员们已经停下手中的活儿,一惊一乍,瞪大双眼观望。

大力士也在看,假寐的虎克船长也没有放过这场壮观刺激的"烤人惩罚"。

能想出这等残忍"刑罚"的不是别人,正是虎克船长。

琥珀连连发笑,却又能把笑声隐藏得无影无踪。看到这样的场景她十分过瘾,没有丝毫同情,心中的邪恶高涨、飞扬,难以言喻的亢奋充满身心。

三个小伙伴简直度秒如年,灼热的铁皮还在眼前闪动,他们感觉连呼吸都是热气腾腾,身上像被开水浇过一般,痛得他们直想停下来。

终于,他们滚过了可怕的铁皮。

火灼般的疼痛使他们站不起来,身上红一块、黑一块,衣裳早已千疮百孔,比最丑陋的乞丐还落魄。

还没喘息片刻,一个少年水手的尖叫把他们吓得满地打滚。

"火!身上着火了!"

琥珀冷眼旁观,笑意更浓。

火舌在他们衣服上肆虐伸展,一簇火种跳到了安琪头发上。

轰——

安琪的头发像爆炸开了一般,火势变大,几乎要淹没她的头。

此时打滚已经无法遏制凶猛的恶火。

淘淘极力要解开绳结,可是怎么也打不开牢固的死结。

安琪已经忘了呼吸,就要窒息。

文文挣脱出一只手慌张扑火,她急促的脸色诠释了十万火急的情形。

三个人靠得太近,火舌趁势逮住文文和淘淘的头发,两人也被可怕的烈焰"传染",并殃及整个头部。

"水——"

三个小伙伴几乎要崩溃,差点失去理智。

此刻,还有什么比海水更管用呢?

三个小伙伴双手狂舞,绳索已经烧断了,他们同时向船舷猛扑过去。

扑通——

琥珀踢出一根竹竿,把三个小伙伴绊倒在地,摔得他们头晕眼花,大牙各掉一颗。

"把他们扔进海里!"琥珀终于发话了,因为三个小伙伴已经摔得爬不起来,她可不想他们命丧黄泉,她还没玩够呢。

一群水手像抬猪一样把三个小伙伴弄起,用力抛入海浪里。

海浪打在他们身上,浇灭了烈火,凉冰冰的海水舔舐着他们的皮肤,抚去了火烧般的温度,也带走了一部分剧烈的灼痛。

舒服的触觉光顾了他们的感官,他们在恍惚中清醒过来,大海如母亲温柔的手安抚着他们的伤痛。

这一刻，他们不再对大海深怀恐惧，而是充满感激，喜极而泣。

他们还活着，只是容貌略有变化，头发烧光了。

三个光秃秃的脑袋在浪潮里一起一伏。他们依然可爱，脸上充盈着泪水，闪着银光。

原来，那是一弯新月的光辉在他们脸上留下印记。

他们抬头，仰望水平线上上升的月亮，远方的乌云汇聚过来，衬托得月光更幽美。

海面变得宁静了，微微荡漾的水面上映出三个小伙伴，也倒映出一张脸——琥珀的脸。

她探出船舷，美眸含光，唇角泛着邪笑。

三个小伙伴刚和大海有了亲近的感觉，头顶就掉下来一张网，把他们捞出了水面。

坐在网里，他们恋恋不舍地惜别海水。

"他们太单纯了！纯洁得令人心碎。被公主骗得团团转，还……"一个少年水手倚在船头默默探视他们，话中深表同情，却也无可奈何。

"可怜的人儿！"

琥珀手里拎着一袋脏兮兮的东西，坐在船板上等他们。

大力士像播种子一样，把三个小伙伴从网眼里撒出来。

三个小伙伴湿漉漉地站在她面前，委屈地注视她。

琥珀的目光高深莫测，"我又一次救了你们。"

三个小伙伴这才想起他们摔倒时，确实有人说话了。

"原来是你及时出手挽救了我们的生命！"淘淘再次感激涕零地说。

"当时我们都有点神志不清了。"文文眼里噙着热泪。

"谢谢你！"安琪跟着说，泪水涌动。

"唉！"琥珀做出深深叹息，以示她的无奈。内心却在笑，如果我

再"救"你们几次,结果会怎么样呢?你们会不会替我卖命?

看到他们如此感激她,她突然发觉游戏越来越有玩头儿。

"我们以后做事会更加小心,不会再给你添麻烦了。我知道你比我们还难受,想管、想帮却只能忍着。"淘淘自以为这就是她的全部情感——爱莫能助。

唉——

琥珀默认,再次长叹。

"还有什么禁止做的事,你先跟我们通通气,否则我们担心又会做错。"文文看着她。

"我心爱的头发彻底告别了我的脑袋,我心痛啊!你们不知道我用了多少心血才让自己的头发变美,现在没了,全部心血付诸东流。"安琪低着头,格外心疼。

琥珀把东西丢给他们,淡淡地说:

"这些是衣服,你们先将就穿着。"

三个小伙伴打开袋子一瞧,差点被里面散发出的臭味熏倒。

"这是什么衣服?"安琪捏紧鼻子,拉出一件又皱又难看、脏得不得了的粗麻衣。

"说实话,真的挺抱歉。这种衣服带刺,是那种毛绒绒的小刺,也不知道是谁制作的。"琥珀说。

"什么?刺?!"安琪尖叫一声,宛如真的被刺扎到手,厌恶地扔掉粗麻衣,"你要我们穿带刺的衣服?"

"安琪,别这样。"淘淘赶忙解释说,"琥珀公主又不是那种人,她不是没办法吗?一切都是船长小心眼,知道吗?不是琥珀的错!"

"对吗?琥珀,哦,不,是主人。"他谄媚的目光盯向琥珀。

琥珀耸了耸肩膀,嘴唇抿得紧紧的,默认的样子。

"自作聪明的蠢奴隶!"她在心里说。

"对不起!"安琪为自己的失态认错。

"我们穿!"文文拾回安琪扔掉的粗麻衣。

"主人,能不能告诉我们,船长这是去哪儿呢?"淘淘发现船长老是在看地图。

琥珀不禁得意扬扬,口气却神秘万分:"寻宝!"

寻宝?

三个小伙伴错愕地抬眼,有些不知所措。

琥珀嘴角上扬,美丽又邪恶,透出尊贵万分。

"那可是大大的宝藏,数量巨大,拥有者富可敌国。"

"你怎么知道?"

三个小伙伴心中猛然一震。

"不许说出去哦。"琥珀笑得有点怪异。

"这么说,知道的人不多?"淘淘说。

"是,少得可怜。"琥珀淡淡一笑,不以为意。

这下子三个小伙伴更加信任她。

而事实是琥珀只知道父亲要寻宝,宝藏是什么,她并不知道。她虚夸是为了更进一步控制三个小伙伴。

"有一件事我忘了问你们,"她忽然说,"你们为何落难?"

淘淘抢先开口,一口气把事件的始末说得十分清楚。

琥珀没有掺杂任何情绪的眼眸,瞬间亮出一道光。

"哎呀,这么惨!他们把你们给撇下了!"

"啊?"三个小伙伴听得莫名其妙。

"救生员都走了,好像就差你们三个没救吧?"琥珀说。海盗船确实碰到了救生人员。确切地说是海盗船把救生员吓跑了,原本救生员可

27

小岛惊魂之海盗公主传奇

以多花点时间找三个小伙伴，但是海盗的残暴无人不知，无人不晓，谁还敢多逗留一刻。

听后，三个小伙伴欲哭无泪，无法接受这个事实。

琥珀勾起嘴一笑，现在他们无依无靠，"吃掉"他们还不容易吗？

她从身后拿出一卷防水纸，一扬手，纸张拉长，一直滚出了五米，延长至对面船舷。

"这就是要遵守的规则。"她说。

三个小伙伴猛然倒抽一口气，条条框框之多，细到吃饭睡觉。

"扑通"一声。

三个小伙伴吓得昏厥过去。

接下来一个月的日子里，三个小伙伴受尽欺凌、折磨。他们的痛苦却给海盗船增添了不少笑料，为此虎克船长大赞女儿古灵精怪、聪明过人。

可悲的是三个小伙伴依然没有逃出"迷雾"，被琥珀玩弄于股掌之中，苦不堪言。

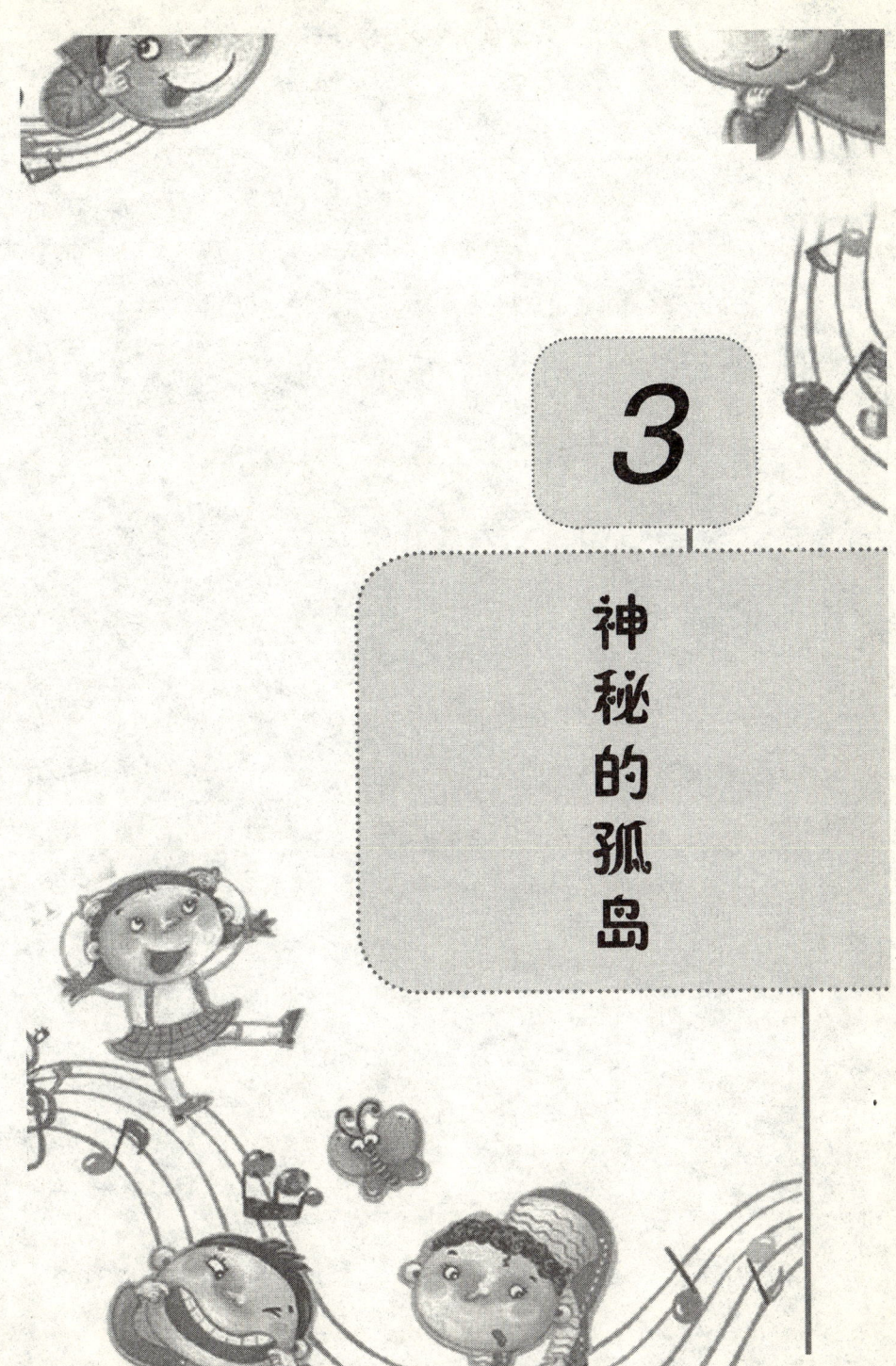

3 神秘的孤岛

海盗船乘风破浪，经历了各种风浪与暴雨的洗礼，安全停靠在一座神秘小岛的外滩上。三个小伙伴跌跌撞撞地走出船板，虚脱得倒在沙滩上，任水波冲刷双腿，累得不想动弹，困得不想睁眼。

虎克船长一行人没有管他们，备足粮食、武器，朝茂密的森林行去。

琥珀则叫他们留下来看守海盗船，连句安抚的话都没有，食物更不可能留下一点，就扎好裤脚，绑好袖口，戴上手套和帽子，与父亲一道前往寻宝。

红袋鼠一蹦一跳，紧紧跟着她，肚子鼓鼓的，看样子装了不少东西在里面。

"希望琥珀一路探险顺利，寻宝归来，然后送我们回家。"淘淘感受着阳光的热量，海风抚过脸庞时有点柔、有点痒，却很舒服。好久没这么轻轻松松晒太阳了。

小岛惊魂之海盗公主传奇

一个月的苦工，终于能停下来休息，他们已经万分感激。

他们还记着琥珀的承诺，寻到宝藏一定护送他们回家。

过了几分钟，他们便沉沉地睡去，也没有顾及身处何地。

睡在低洼处特别危险，万一涨潮了，会被淹死的。

但是他们实在太疲倦，一切繁杂的事情都被他们抛到脑后，梦游他乡，好好享受睡眠才是头等大事。这一个月他们睡得太少了。

两个小时后，他们被杂乱的轰鸣声扰了清梦。

醒来时，他们看见海盗船被人开走了！而且是刚刚离开，船上的人不是虎克船长的人。那个人是陌生人，着装非常怪异，脸上画得比花猫脸还复杂，像个土著人。

可是他却高兴得手舞足蹈，仿佛一只被禁锢多年的野兽重获自由那般狂野、奔放。

果然，他对着天空、对着大海、对着小岛狂呼三声：

"我自由了！"

三个小伙伴满脸惊愕，呆呆地望着他把海盗船驾走，留下一条条波纹在海面上荡漾。

"怎么回事？"

"这个野人是从岛上冒出来的吗？"

两个女生困惑不已。

"这个人不是野人，若说土著人，表面像而已。他懂驾船，还懂文明人类的语言，看来他的身份并不普通。"淘淘一边分析，惊愕之余，

他想到了琥珀——有危险！

"小岛上有人，而且还是土著人的打扮，莫非岛上有土著人，那琥珀岂不是很危险！"文文说出淘淘心中所虑。

"对！我们去找琥珀，他们肯定不知道岛上还有人，我记得她说过一句话：'我爸爸说这个小岛太隐秘了，连他都不知道太平洋上有这个岛，恐怕人迹罕至。'我担心他们没有防备——这太糟糕了！"淘淘十分焦急，连疲惫之意都被担心琥珀的心情赶跑了。

"别忘了虎克船长的航龄有三十年了，经验丰富，他们不会有事的。"文文安慰他。

"一个经历大风大浪的人能有什么事？有他的保护，我也不怎么担心琥珀，倒是我们，"安琪说，嘟起嘴，"好饿啊！"

"自私鬼！"淘淘语出无心，他还是担心琥珀。

安琪不客气地顶回去："没有体力怎么找琥珀？"

"安琪说得有道理，填饱肚子再去。"文文认真地说。

淘淘摆了摆手，没有异议。

"我们可以捕捞贝类充饥，扇贝、贻贝、红螺都是美味。"文文搬出自己的"知识库"，信心十足地说，"吃饱后还得备水，我们身上除了空水袋什么都没有。"

"进了林子，我们可以采食种子，比如栎、山胡桃、板栗、松子、野小豆、皂角等，如果有水果就更好了。相信这种土地肥沃的小岛上也有野山梨、毛樱桃、野生猕猴桃、山楂、山杏等。"她继续说，脱下一

只袜子。

"你懂得辨认吗?否则吃错东西,万一中毒就难办了。"安琪眉头直皱。

"我也懂点,我们去拾贝类动物吧。"淘淘说,独自向一侧走去。

"你在干什么?"安琪问文文。

"收集浮游生物,浮游生物可以生吃,也可晒干了吃,用裤子、袜子或其他多孔的材料做成网兜就能捕捞。"文文扬起一抹笑容,"可惜没有船,网兜拖在船后面进行捕捞,可以捞得更多。当然我也会借此捕点别的生物。"

"能捕到鱼吗?"安琪说,"我口袋里有一盒火柴,从海盗船上拿的。我想吃烤鱼了。"

"我试试。"文文拍拍她,"你帮我忙,我们要自制渔叉和渔网,再来一招儿浑水摸鱼,相信会有收获的。"

"万一没有火,那该有多可怕呀,你说呢?"安琪庆幸自己拿了火柴。

"不怕,我知道怎么生火。"文文微笑着说。

安琪见状,有点错愕地问,"你一点儿都不害怕吗?"

"肚子里有知识,走到哪儿都不怕。"文文越笑越甜。

"我要向你学习。"安琪对她的乐观表示钦佩,"对了,用什么方法生火?"

"方法有很多,现在不是讨论这个的时候,到了实在没有火的情况，我们自然会用上。"文文说。

功夫不负有心人，他们拾到了不少贝类，还逮到三条大鱼。

文文用蚯蚓、蜻蜓、蝗虫当鱼饵，效果甚佳，她和安琪只用了十分钟就抓到了鱼。

三个人坐在沙滩上尽情享用，喷香的鱼咬进嘴里，口水已经忍不住流了出来。

他们已经一个月没吃到半点儿肉片，吃的全是残羹剩饭。

面黄肌瘦的脸庞此刻充满了幸福滋味。

他们面前是石头堆起的"堡垒"，贝类在里面烘烤，看样子是一个不错的"烤箱"。

他们还是不习惯生吃贝类，所以造了这个"烤箱"。

东方地平线上厚厚的乌云层层叠叠，很快便在头顶上方的天空扩展开来。风力在加大，气候变得愈加地凉了。

天空呈现出恶劣景象，预示着暴风雨即将来临。

三个小伙伴急忙收摊，惬意之情逐渐在脸上消失。

两个女生把没吃完的食物用香蕉叶包起来，然后系上藤蔓，挂在脖子上。

"怎么办？我们该到哪里避雨？"安琪恐惧的目光不停闪烁。

"该死的，下什么雨啊？我讨厌下雨，这不是增加行路困难吗？"她又咒骂了一句。

淘淘却不以为然："你只看到坏的一面，凡事都具有双面性。"

"嗯?下暴雨有什么好处吗?"安琪没反应过来地问。

三个人同时向前奔跑。

淘淘浅浅一笑,"我们不是正缺水吗?雨水就是天然的淡水。"

安琪不由得笑了:"我真笨。"

"省得我们去找水了,真好。"文文没那么烦躁了。原本她也不喜欢这个时候下雨。

"目前,我们暂且在海滩上歇脚,找一棵枝叶茂盛的小树。你们看,大雨将至,没有更多时间寻得好地方躲雨,只能将就一下。"淘淘边说边跑。

"要小树干什么?"文文问他。

"我们手上没砍刀,大树很难弄折,小树则易折。"淘淘已经盯上了一棵小树,"就那棵!"

三个小伙伴费了不少力气才把小树压折,但没让小树完全折断。

小树从离根部约一米的高度折了,树干没有完全脱落,其顶端的树叶自然倒向两边,形成一个"帐篷"形状。

在树叶底下的地面,他们铺上干草,这就是一个简易的庇护场所。

淘淘还在顶篷搭上香蕉叶,这样雨水更不容易渗入里面。

三个人坐在"帐篷"里面面相觑。

一阵狂风从西南方刮过来,只听见海浪拍击着礁石,发出巨响。

随之大雨倾盆而泻,岸边浓雾笼罩,大雨夹着风沙,空气中弥漫着沙尘与水雾。

三个小伙伴头一次经历这种恶劣气候,都受到惊吓,彼此紧紧相依相偎。

他们只在"帐篷"开口处留个孔观察外面的情况。

透过观察孔,他们看见外面是暴风雨主宰的世界,所有花草树木、鱼虫鸟兽都向它低头。

整片森林也被暴风雨的气势所压倒,低吼声听起来那么恐怖,像是被暴风雨掐住了脖子。

一线白光在雨雾中影影绰绰显现出来,一个红红的东西在前进,方向是海滩。

"那是什么?"安琪十分紧张,害怕那是什么怪物。

"红袋鼠!"淘淘看出来了,"你们看,红色轮廓虽然不明显,但前进的速度惊人,还一高一低,像在跳跃,这不是袋鼠是什么?"

说完,他一双漆黑的眸子光芒四射。

"琥珀呢?怎么没看到琥珀的身影?"文文语气中透出忧心。

"恐怕她又藏进它的口袋里,她和红袋鼠形影不离,我相信她也来了。"淘淘早已按捺不住激动的情绪,撩开香蕉叶,脚步没入风雨中。

外面又湿又冷,两个女生刚把头探出就匆忙往回缩。本来她们的衣服就单薄,为了不感冒,她们留下等待。

没多久,淘淘领来了红袋鼠。两个女生瞧见红袋鼠被琥珀"武装"一新,头上套着一盏灯,亮光十分刺眼,背上背着登山包,满满当当,两只前肢握着一把绿色雨伞,还是带花边的可爱小伞。

小岛惊魂之海盗公主传奇

琥珀在口袋里缩头缩脑，不想被雨水打湿，但是她激烈的怒骂声简直可以穿透最强劲的风雨：

"混蛋！船不见了！船怎么会不见了？你们赶快给我说清楚！三个人难道就看不好一艘船？给你们这点儿任务，居然搞砸了！怎么回事？你们是不是把我的话当耳旁风了？"

淘淘低下头去。

"你们不是来游玩，请你们记清楚！你们还是我的奴隶，身份还是下等人！"

这时，一股强劲的狂风卷跑了小伞，小伞晃晃悠悠，在空中越滚越远，直升天际。

雨水无情地侵入袋鼠口袋，顷刻间把琥珀打湿。

她更是气不打一处来，从口袋里窜出来，眼珠就瞪出来了，火焰般的眸子令人不敢直视。

淘淘连忙用双手遮住她头上，低声说：

"回'帐篷'再说，外面雨太大了，你别再动肝火了，气坏了身子我们都赔不起啊。"

淘淘几番好言相劝，琥珀依然不领情，但妥协于无情的风雨，她进了"帐篷"。

淘淘刚要钻进去，她就伸手推他一把，不客气地说："让袋袋进来，这里没你的位置！"

原来她称红袋鼠为"袋袋"。

"船长现在不在我们身边,是不是不该对淘淘如此苛刻?"文文说。

"你说什么?"琥珀差点就连她一块骂,但理智占了上风。

她顿了顿口气,"把背包拿进来!包里有雨衣,拿出来给袋袋穿上,你才可以进来。"

淘淘紧绷的心情瞬间舒缓了下来,他高高兴兴地照她的吩咐去做。

现在,红袋鼠穿着透明雨衣,站在"帐篷"出入口,着实就像一个哨兵。它真的很忠诚于主人。

琥珀依然居高临下,盛气凌人,坐在最温暖、舒适的位置。

三个小伙伴坐在她对面,位置比她低一些。

"还不说?"琥珀怒气未消,眼睛迸出光芒,双拳握紧,指尖都陷入掌心。没船了,他们可是困在了小岛上,要知这可是大洋深处的孤岛啊,就算找到宝藏也没法带走啊。她没办法不生气。

"海盗船停靠不到半天,从岛上偷偷过来一个人,把船开走了。"淘淘逐字逐句把话说清楚。

"岛上有人?什么人?"琥珀咬牙切齿地问。

"我们也不知道。"文文沉声说。

"但是我们马上想到了你,准备去找你,天降大雨,就耽搁了行程。"淘淘有点急,话都没说清楚。

"找我干什么?"琥珀眼中乍现噬血眸光,她恨不得宰了他们。

三个小伙伴不禁哆嗦了一下。淘淘脸色铁青,"是我们不好,因为我们的疏忽大意,才让小偷有机可乘,我们错了,下次再也不敢了。"

39

小岛惊魂之海盗公主传奇

文文把淘淘未说完的话补充完整:"我们找你,是担心你会遇危险,我们就是要赶去通知你,岛上可能有土著人,一定要小心防范。"

琥珀根本没听进文文说的话,倒是淘淘的话让她气得乱跺脚,几乎要把这个临时庇护所掀掉。

"你们!你们为什么蠢得像猪?可恶!如果让我爸爸知道的话,他一定饶不了你们!"

4 遭遇毒蜂

没想到琥珀恶语相向，三个小伙伴却又误以为她是为了他们的安危着想，才会如此气愤。

"琥珀，你替我们担心，我好感动啊！大不了我们尽量避开船长。倒是你，请你不要用这种方式表达你的忧虑，身子要紧，我真的不忍心，生气本来就没好处。"淘淘语出亲切之音，形色兼备，对她的关心无微不至，"先喝点儿水润润嗓子，你刚才说得太多了，嗓子都有点哑了。"

他取出早已接满雨水的水袋，伸手就要探过去。

两个女生睁眼看着她，默默不语。

琥珀的怒火被他的真诚关怀浇灭了许多，想起他们的水袋装过尿液，她厌恶地摆摆手，"我自己有水。"

被她拒绝，淘淘略显失落。

"雨停后，我必须去找父亲，我和他们走散了。都怪我太顽皮，喜欢乱窜。"琥珀似乎在责怪自己。

小岛惊魂之海盗公主传奇

"我们保护你。"淘淘自作主张,迎合她的话。

两个女生倒是不反对,只是觉得淘淘在她面前,不管说什么,做什么都不经大脑,担心他再做什么鲁莽的事就不太好了。

夸张地说,淘淘为了琥珀,简直可以把命豁出去。他对她的感情已经不亚于对两个伙伴,甚至高一些。

这种深情琥珀感受不到,在她眼里,他们只是奴隶,为她做任何事理所当然。

她回海滩就是为了找三个小伙伴,哪曾想发生了这等事——船竟然没了!

"那再好不过了。"琥珀故意表现热情,心里还是不快,都有点排斥他们了,谁叫他们没看好船呢,她对此事耿耿于怀。

两个女生把食物从脖子上拿下来,递给琥珀,关心地说:

"琥珀,吃点东西吧?你一定也饿了吧?"

"是什么?"琥珀盯着香蕉叶,目光不冷不热,她确实饿了。身上不多的食物也在来回路程中吃光了。

"烤贝类,吃吗?"

琥珀一把夺过去,连声谢都没有,不客气地独自享用。

三个小伙伴看着她逸人的吃相,都不由得胃口大开,可惜身上没食物了,都给她了。

他们没道破,满心欢喜地看她津津有味地吃完贝类。

暴风雨持续到次日凌晨才止息,到处是枯枝败叶,不少残垣断壁散架于海岸边。

除此之外还有怡人的美景,波浪温和地追逐海鸥,海鸥的突袭不时搅乱平静的海波,使得鱼儿从海鸥的惊叫声中滑落。

天公作美,万里无云,阳光洒满了森林一角。

他们一个个精神抖擞地钻出"帐篷"，准备进行将决定命运的远征。

他们刚刚走过了一段矮树林，道路崎岖，山路难行，爬起来不免费劲乏力，而且障碍也多。时而可见地面突然一落千丈，一行人差点失神落崖。

最轻松的当属琥珀了，她坐在袋鼠口袋里，除了颠簸些，没有累的感觉。

三个小伙伴再三请求，琥珀才允许他们稍作休息。

现在他们在陡坡上，山石颇多，还有许多兽迹。

"安琪，你的裤管松了，扎好它。"文文坐在石头上，不停地擦汗，视线到处晃悠，观察环境。

"嗯。"安琪应了一声。在丛林行进时应特别注意着装。应当穿靴子并扎紧裤腿和袖口领口，最好将裤腿塞进靴子里面。有条件时还应戴上手套。鞋面上最好涂上驱虫剂或肥皂以防蚂蟥爬上来。

为了防止遭到毒蛇袭击，他们每个人都持有木棍，行进时用木棍来"打草惊蛇"。

淘淘特别注意树上，以防树上悬挂蛇虫。

琥珀从口袋里下来走动，她一会儿从这块石头跳到那块石头，一会儿摇晃树枝，一刻不得闲。

"琥珀，你知道寻找父亲的路线吗？"淘淘又问一遍。

"你很烦耶，我爸爸说宝藏应该在西北方向，我们往西北方向走就是了。"琥珀撇着嘴。

但是淘淘突然惊了："不要动！"

"怎么了？想吓唬我吗？"琥珀才不会在乎他的话。

一只脚刚迈出一步，她的目光冰冻般僵住了。

小岛惊魂之海盗公主传奇

几只黑色的蜜蜂从脚下一个满是窟窿眼的土堆里钻出来。它们嗡嗡乱叫,盘旋在她脸庞边,屁股老是对着她的眼睛。吓得琥珀真的不敢动弹了。

别忘了,蜜蜂的毒针就长在屁股上。

"千万不要动!"淘淘比她更紧张,"你踩到地下蜂窝了!"

"不——不能不动,应——"文文看出了什么,害怕得语无伦次。

安琪只是恐惧,眼睛都看呆了。

淘淘受不了文文断续的语速,直接问:

"为什么?"

"毒蜂!那是毒蜂!"文文连声音都变细小了,似乎害怕高声惊叫会惊动毒蜂,倘若毒蜂倾巢而出他们就完蛋了。

琥珀一听,颤抖得几乎要跪在地上,她第一次表现出恐惧。

"跑!"文文大叫一声。

淘淘伸长手臂,立刻拉起琥珀逃命。

两个女生跑在前面,红袋鼠跟在后头。

身后成群的毒蜂如一团黑云滚滚而来。

一行人面色惨白,进行着长途冲刺。

一旦遇到成群的毒蜂,最好的办法就是快跑,因为人比蜂跑得快。

哎哟——

琥珀在奔跑过程中不慎摔倒,淘淘依然拉着她的手,身后的毒蜂越来越近,有几只就要窜上来。

红袋鼠受本能驱使,它往前蹦跳,没有回头。

两个女生一直在狂奔,根本顾不上往后瞧。

"袋袋——"琥珀脚尖疼得站不起来,她还巴望着袋鼠能回头救走她。可它毕竟是动物,怎么能跟人比呢?

毒蜂似洪流倾泻，从头上铺天盖地往下方猛烈刺来。

淘淘迅速拉下琥珀，把她压在下面，自己则用衣服尽力裹住她，可是他——

当毒蜂的毒刺刺在他身上，撕心裂肺的惨叫在空中回荡。

这种痛令他终生难忘，他竟然傻乎乎地想象这是最甜美的痛，因为他在保护琥珀。

琥珀什么都看不见，被他藏得严严实实，她看不见有人在为她受罪。但她听见了，心中第一次被深深触动，因为淘淘的惨叫太过激烈，几乎把整片森林的鸟儿都惊飞了。

地面上躺了几十只毒蜂，它们报复人类的同时，也英勇地献出了生命。

成群的毒蜂没有斩尽杀绝，它们收兵回营了。

两个女生站在远处，已经惊呆，眼角滑过热热的东西——眼泪。

除了琥珀，冰硬的心没有让她感动流泪，不过她的心似乎发生了些许变化。

淘淘疼得无法动弹，见到危险已去，他这才放心地倒下，还不忘对琥珀说：

"没事了，琥珀。"

琥珀感觉头顶一片"天"轰然倒塌。淘淘瘦弱的身体虽小，却让她有种"天"的感觉。

掀开衣服时，她竟然发现自己毫发无损，而身旁的人儿——淘淘，他浑身鼓起一个个又红又肿的毒包，令人揪心，令人痛心。

他的呼吸也变得急促、频率越来越低！

"快！"文文泪水四溢，冲上来把淘淘的身体放平，"针！"

琥珀还在发愣，似乎没听见文文的叫声。

"琥珀,快点把针拿给我!"文文大声催促。

琥珀这才回过神来,她没针,拿出一把刀。

文文用刀锋刺透毒包,用力挤压,将毒汁尽量挤干净。一个接一个地刺、挤,眼泪也跟着汹涌难止。谁见淘淘伤成这样都无法不为之哭泣,哪怕是陌生人。

安琪的泪水也是越滚越多,实在害怕淘淘有什么三长两短。她已经取下袋鼠背上的登山包,从里面翻出必需品。

红袋鼠不动声色立在主人身旁。琥珀凝视着两个女生手忙脚乱。

"不行,消毒药水不够用,他身上的毒包太多了,"文文几乎泣不成声,"安琪,快,快去找仙人掌!"

"我也去。"琥珀难得主动,她也惊讶自己的行为。

"走吧。"安琪以泪洗面,声音沉痛万分。

琥珀小心翼翼地问文文:"仙人掌有用吗?"

"民间偏方,我想可以试试。一点希望都不能放过。"文文啜泣,慢慢喂水给淘淘喝。

"他会死吗?"琥珀说这话时不仅心慌还心虚。

"快去!"文文第一次对她用命令的口气。她很痛苦,淘淘是她最好的朋友,和安琪一样重要,他的聪明才智、他的舍生取义、他的宽宏大量,他几乎是完美的化身,谁又能比得过他?

没有!她在心里如此肯定地说。

"不要死!"琥珀咬着牙,用命令的口吻对淘淘大声呼唤。

这一次她的心里百味杂陈,甚至有苦味泛过心头。

她转身,跑进一大片灌木丛。

琥珀没在林子里逗留多久就找到了仙人掌,她用小刀割取了不少,兜了一网兜。

回到淘淘身边时,她又忙着拔除仙人掌的刺,不小心被刺扎到多次,她忍住痛没有叫出声。

待文文把仙人掌捣碎,敷上淘淘的伤口,她才躲到一旁包扎手上的小伤口。

伤口虽小,却也让她疼得小脸蛋皱成一团。想想淘淘身上密密麻麻的伤,那该得有多疼啊!

这时,安琪来了,她瞥见琥珀的动作,没有放在心上,脑子里更在意淘淘的伤情。

安琪也摘来一些仙人掌。现在,仙人掌完全足够给淘淘的伤口减轻痛苦。

昏迷了一个小时,淘淘清醒过来,算是度过了危险期,身体还是极度虚弱。

若要继续赶路,对他来说将是更加痛苦的折磨。

两个女生于心不忍,想让淘淘多休息几个小时。

琥珀口气有些强硬地说:"别再磨蹭了,他真的伤到无法行路了吗?"

很想早点见到父亲的心情让她忽略了眼前现状。

"琥珀——"文文话刚到嘴边,便被淘淘截走了,"我能行,走路,没,没问题。"

他的声音已经发颤,却仍然不肯为自己着想。

安琪见淘淘固执己见,又见琥珀居然没有半点儿同情心,说话就不由得火药味儿十足。

"琥珀,本来躺在这里的人应该是你,难道你这么快忘记了?"

琥珀原本内心还有愧疚,此刻被安琪的话激活了冰封的心,她出言不逊:

49

"难不成是我叫毒蜂蜇他的吗?"

"不是,"淘淘吃力地爬起来,不顾两个女生反对,一步步走近琥珀,温和的气息令她动容:"可以走了,我很好。"

两个女生几乎压抑不住心中的愤慨,琥珀怎么可以如此自私?

"袋袋过来。"琥珀转过头轻唤一声。

红袋鼠乖巧地跳过来,两只眼盯着主人。

琥珀睨他一眼,"到口袋里去,由它代劳行路,免得有人说我冷血无情。"

"真的可以吗?"淘淘心儿欢跳,"我就知道你并非不在乎我,你是关心我的,我能肯定。"

两个女生看着他如此欢愉,也只能一笑了之。

琥珀忽然发现她所接触的人都没有他们这般宽宏大量,这种切身感受突破胸口的一层冰,传达了某些温暖的情绪——

她胸间涌上来一股冲动,差点就要脱口而出,对他说一声"谢谢"。

爱面子的她深吸一口气,放弃那种想法。从小到大她就高高在上,从未对人说过"谢谢"两字,所以想要说出感谢的话,对她来说还真有些困难。

5 让人恐惧的土著人

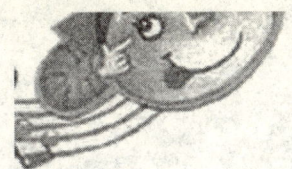
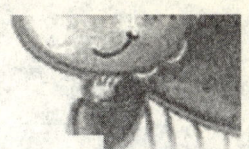
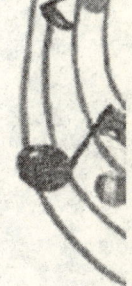

林子越往里走越深，各种树也愈加枝繁叶茂，几乎暗无天日。

凉风在树间游移，掠过匆匆行走的步伐，他们眉宇间似乎覆盖着一层扫不去的阴霾。淘淘则在口袋里沉睡过去，袋鼠的育儿袋十分温暖、舒适，即使颠簸，对他而言也是摇篮的感觉，他太容易满足了。琥珀把心爱的"坐骑"让给他享用，他除了满心欢喜，就是对琥珀的喜爱更递进一步。

可他不知道，两个女生和琥珀在行进的过程中碰上几件骇人的事。

她们看见一只野猪被生剥得只剩下血淋淋的骨架，从新鲜程度看，野猪死去的时间不超过两个小时。也就是说有人经过这里，过路者不是虎克船长他们，因为尸骸上还有两根削尖的竹子，竹子显然已经破旧，经不起再次使用。

依虎克船长的脾气，他才不会使用这么落后的手段获取野猪肉，真枪实弹来得更利索。

这让她们胆战心惊，害怕会碰上不该碰到的人。

另一件事：她们路过小峡谷时，在树林较少的山坡上目睹了一大摊血渍，血液还未凝固，一只水手靴子沾染了血，孤零零被遗弃一旁。可怕的是头顶有一个陷阱，一排长刺像刺猬缩成一团悬挂在半空中，刺上有不少血。

恐怕有人中了陷阱，受了重伤，否则鲜血不会流淌那么多。

那么，陷阱会是谁设置的呢？

从破旧的削尖的竹子和这种野蛮的捕猎方式，可见岛上生存着一些人——土著人！

不仅如此，她们还瞧见了不少印迹，有鞋印也有光脚板的印子，除了野蛮人又有谁会赤脚走路呢？

久违的阳光从空旷的上空直射下来，白花花地令人睁不开眼。他们终于走出了森林。

前面有一块透蓝的湖，如碧玉般圆润，岸边绿荫掩映。阳光洒在湖上，犹如一颗颗细碎的金子在轻缓的水波上跳跃。

湖前方零星杂乱地长着丛丛树木，左边，一道流水，穿过空地，细细流淌。树丛过去是一溜平原地，以及高不可攀的花岗岩石，石穴里有成百上千的鸟儿栖息。

远方是一座高耸入云、雄伟壮丽的大山。这座山就如日本富士山四季分明，底端是夏日的感觉，往上春日盎然，再往上秋意萧瑟，顶端就寒如严冬，白雪皑皑。

骄阳下,一只黑天鹅在空中滑翔一阵子,被"玉湖"吸引,情不自禁地停靠过去。

两个女生和琥珀完全被黑天鹅美丽的外表所折服,目不转睛望着它。

这只黑天鹅体长近一米,全身羽毛卷曲,主要呈黑褐色,腹部为灰白色,飞羽全黑;鲜亮的红色嘴,靠近端部有一条白色横斑;虹膜为红色,蹼为黑色。

白天鹅可以称为圣洁的精灵,而黑天鹅更好看,让人眼前一亮。

咻咻——

这只异常醒目的黑天鹅还没与湖水玩够,便招来杀身之祸。十几只竹箭从一侧嗖嗖嗖像风一样攻来。

一声惨叫!

黑天鹅没能逃脱厄运,被竹箭穿膛破肚,一命呜呼。

花岗岩上的海鸟顿时惊飞一大群,嗷嗷叫着似乎在宣布危险近在眼前。

两个女生和琥珀如同噩梦惊醒,面面相觑。

"快点蹲下!"口袋里的淘淘被惊扰,他敏锐地觉察到森林一侧有声响。

"快蹲下!"琥珀连忙扯一下红袋鼠的下肢。

红袋鼠很听话,尽量让自己变矮。淘淘也从口袋里爬出来。睡了一觉,他恢复了很多,精神状态良好,只是伤口依然红肿,消退的迹象不

小岛惊魂之海盗公主传奇

怎么明显。

　　这时,林间奔出三个怪人令他们大开眼界,同时战栗不已。

　　三个怪人一般高,粗壮的肢体上满是伤疤,每条疤痕形似豺狼的条纹,背上有特殊的纹理,似黑色的旋涡,面颊涂着白色斑纹,下唇却有一洞,穿着一节竹筒,额头一只虚张声势的假眼格外突出。那只眼睛赫然是某种动物的眼睛,流淌血滴,十分吓人。

　　他们秃顶,皮肤却是青绿色,着装简陋,只是兽皮裹身,并无太多遮掩,却也恰到好处。

　　三个怪人捞出黑天鹅,取出火绒,就地生起一堆火,立马烤了它。

　　可怜的黑天鹅很快成了一堆白骨,三个怪人还把骨头收起来,放进袋子里,然后灭了火堆,处理成原样,几乎不留一丝痕迹。

　　事情还没完。三个怪人还带来了一样东西——海龟壳。

　　海龟壳相当硕大,直径为两米,墨绿色的龟壳上还有少许苔藓。

　　他们把龟壳翻转过来,在壳槽里注入一些紫色液体,又在空地上挖了个大坑,把龟壳小心翼翼放进去。

　　一个怪人舀来几桶湖水,往壳槽里倒,直到龟壳里的水快要溢出,他才住手。

　　这时壳里的液体变成透明的紫色,冒出了不少气泡。

　　另外两个怪人抱来一捆枯枝败叶,他们一边在坑上搭枯枝,一边往枝上铺败叶。

　　偷窥的人都提心吊胆,心弦绷得紧紧的。

安琪两眼发直，又惊又怕，"他们在干什么？"

"制造陷阱！"淘淘心里忐忑不安，紧张地说："恐怕掉进去不死也重伤！"

"好可怕啊！"文文惶恐不安地低语。

"不要怕！不要怕！"淘淘听错了，以为是琥珀在说话，连忙伸出手掌轻拍琥珀的背。

"干什么？"

琥珀吓了一跳，被突如其来的手惊出了声音。

这个声音惊动了三个怪人！他们同时站起来，直挺挺望向四周，眼睛迸射出吓人的光芒。

三个小伙伴和琥珀大吃一惊，心突突地跳，手心里冒出了汗。

三个怪人警觉的"鹰眼"在一点点搜寻，他们确认自己听见了声音，彼此对望一眼，点头示意着什么。

两个怪人举起尖锐的木制叉子，一步步逼向淘淘他们躲藏的方向。

留下一个怪人在陷阱处，埋头整理残留的做假迹象。

两个怪人阴云密布的脸上，眼光犀利，每一步都走得那么坚决。

琥珀那颗忐忑的心越跳越快，脸色几乎煞白。

安琪双腿不听使唤，像筛糠似的乱颤起来。

文文慌忙稳住她，使劲抓住她的双腿。再颤，身旁的草丛也会跟着抖动。

淘淘心惊肉跳，两眼直勾勾地窥视越走越近的敌人，手中紧紧抓起

一块石头。

红袋鼠像一尊石像纹丝不动,目光无波澜。它连人类的本事也学会了,换成其他袋鼠恐怕早就举步奔逃了。

两个怪人步步紧逼,强劲有力的大手掌握紧木叉。

木叉伸向树丛,尖端穿透枝叶,露在三个小伙伴和琥珀面前,与琥珀的眼睛只有一寸之遥。

抽气声从三个小伙伴口中漏出,他们不寒而栗。

琥珀眼里闪着惊恐万状的神色,浑身变得僵硬。

淘淘侧目而视,战战兢兢,伸出双手,准备一把抓住木叉,以防琥珀受伤。

两个女生担惊受怕,不知所措。

就在淘淘的手几乎要触到木叉时,木叉竟然缩了回去。

令人恐慌的是,木叉刚缩回去,立刻又刺进来。

这一叉正中淘淘的脸颊,尖锐的叉尖扎入皮肤半厘米,鲜血顿时滚出,顺着面颊、下颚,滑到锁骨以下。额角一颗豆大的汗珠,也止不住落地。

琥珀和两个女生以手捂嘴,差点吓得惊叫。

淘淘竟异常地冷静,因为木叉在往回缩,他的担心瞬间膨胀,不是因为自己受伤,而是木叉上沾染的血迹。这一缩虽然减缓了痛楚,却会令他们大难临头,血迹一经发现,那么——

怎么办?

时间紧迫,他没有更多时间考虑了,两只手再次抓起一块大石头。

砰——

一声枪响像沉雷一样滚动,从四季山那端传来。

淘淘也在同一时刻站起来,双手举起的大石头突然僵在半空中。

两个怪人此刻的目光不在淘淘这一头,他们回头望了,另一个怪人也一样回首巡视。

沾染血迹的木叉就在淘淘眼皮底下,只要他们一回头便能看见。

淘淘又迅速蹲下。

第三个怪人朝两个怪人看过来,嘴里吼叫着奇怪的语言,比鸟儿的语言还难懂。

两个怪人见状,赶紧朝第三个怪人跑去,根本无暇顾及其他事,更不可能去察看木叉。

他们绕过陷阱,同时朝声源赶去。

三个小伙伴如释重负,松一口气时,人也跟着瘫坐在地上。

琥珀却怒不可遏地低吼:

"你找死啊!危急关头,你碰我干什么?疯了!你这个笨蛋。"

淘淘脸上的血液被震得乱颤。

"我错了。"他胆怯地低下头,表现更多的是委屈。

两个女生认同琥珀的观点,没有袒护淘淘,他无奈地拍拍屁股,爬起来。

"赶快走!"琥珀沉着脸,拉起红袋鼠就走。

"嗯,此地不宜久留。"文文附声说。

"快点!"琥珀瞪向慢吞吞的淘淘,完全忘了他还是个伤情未愈的"病人"。若不是淘淘挡在她前面,破脸的人便是她,她连这一点都忽略了。

"我爸爸肯定在前方,枪响了,不知为什么开枪,我真担心。"她一边嘀咕,一边小跑,目光远眺。

淘淘折了一根树枝,把叶子全摘掉,插在陷阱旁边做标志。

"等等我。"他飞奔追赶,累得上气不接下气。

站在西边隆起的一个锥形小丘上,他们望见海岸东部尽头是一个突出的海角,东北方向另有两个海角围绕着海湾,最突出的一条海峡,从东部横跨西部,水域由宽至窄,水位有深有浅,眼力目测不难。

北部尽头便是那座奇异的四季山。

三个怪人已经渡过海峡,远远消失在地势上升的山中。

三个小伙伴和琥珀从长长的斜坡下来,踏上更加危险的旅程。

6 居然是阴谋

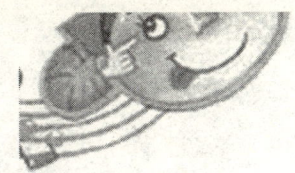
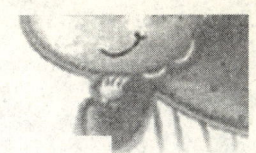

沙石路上寸草不生，坑坑洼洼，还有不少大坑洞，行路相当艰难。

海鸥翻飞，叫声不断，似与大海怒涛比高低。

"爸爸，爸爸，你到底在哪里？"琥珀压抑的委屈，真想用吼声来发泄。

"琥珀，别怕，我们保护你。"淘淘厚着脸皮，很想安抚她焦虑的心。

"烦死了！走开，别靠我那么近。"琥珀心烦意乱，别人的关心对她毫不起作用。

"好吧。"淘淘止步，沮丧地等待她走远一些。

"糟糕，没水喝了！"文文这时才发现水袋空空。

"我也是耶。"安琪跺了跺脚，"之前经过湖畔就应该把水袋装满。"

"别急，"淘淘目视四周，"动物也离不开水，许多动物可以帮我们

63

找到水源，尤其是两栖类动物。有它们出没的地方，附近肯定有水源。爬行类动物也喜欢傍水而居，有蛇的地方，也容易发现水源。"

"实在不想花太多时间找水，就自己制造水，我们可以在一段树木的嫩枝叶上套一只塑料袋，利用蒸腾作用从植物的叶面提取水分。"他不时望向走远的琥珀。

"知道了，我和安琪先去找水。制造水的时间更长，需要等待水汽凝成水滴，我可没什么耐心。"文文说着顺手摘走他身上的水袋，晃了晃，没声音，他的水袋也空了。"你去陪琥珀吧。"

"你们要小心，防范各种陷阱，我担心——"淘淘并不放心她们这个时候走开。

安琪开朗地笑道："等我们半个小时，我们很快回来。"

"找不到水也不要固执，我们一起往前走就是，车到山前必有路。"淘淘亲切的话语又令两个女生感动。

一直以来他都是那么坚强，耐心鼓励大家振作，尽管自己承受的伤痛比任何人都多，他毫无怨言。

这只是皮肉之伤，如果真相一五一十披露在他眼前，他是否还能挺住内心的坚强，接受被骗的事实呢？

"琥珀，先歇一下。"淘淘目送两个女生离去后，就匆匆追上琥珀。

"歇什么，我爸爸在那边等我呢，我不歇。"琥珀对任何人都视若无睹，只想与父亲快点团聚。

"我知道，只是——"淘淘往身后眺望一眼，"你应该也没水喝了吧？"

"找到父亲，想喝水还不容易吗？"琥珀脸上的异常表情令人费解。她又钻进红袋鼠口袋里。

此地是海峡，她选的位置要渡过去并不易，苔藓颇多，水流较急，脚底容易打滑。但袋鼠可以用速度越过这些屏障。

"你想得太简单了，万一你爸爸又走远了呢？更何况还有土著人。"淘淘想用这些话牵制她的冲动劲儿。

"住嘴！"琥珀露出厌恶的目光。

淘淘倒退一步，威慑于她的严肃态度，只好灰溜溜地小声说："能不能等等她们？她们去觅水了。"

琥珀非常不耐烦，忍不住大声斥道：

"偏偏这个时候走开？你们是不是想气死我啊？还是要跟我作对？"

"你误会了，没水比没食物更危险，况且赶路极易消耗大量体力，体内的水分蒸发快。"淘淘见她动怒，心就发慌。

"她们找水关我什么事？我先走了，你在这里等她们吧！"琥珀无情地说，伸手拍拍红袋鼠，示意它过海峡。

"琥珀，难道你就不喝水吗？"淘淘望着琥珀坐在红袋鼠身上离他而去，几乎焦虑上火，内心充斥着失落。

"我还有水，我可没说没水喝了。"琥珀冷硬地回应，再次令淘淘灰心。

"一个人去太危险了！"他几乎喊干了喉咙，也要让琥珀知道他真的关心她。

琥珀不理会，在口袋里低低细语：

"虽然你很勇敢,虽然我很欣赏你,但是——对不起!我再次利用了你们……"

尾音越来越低,几乎听不清楚,她那双琥珀色的眼睛里蓄满了泪水,模糊了她的视线。

自从下船后,发生了更多的事,三个小伙伴对她的深情厚谊,已经让她意识到他们是值得珍惜的朋友。特别是淘淘,他所做的一切,是人都会感激。

在他们面前,她把一切情感都掩藏得密不透风,却是为了让自己演的戏更逼真。

她究竟在演什么戏?

其实她没有与父亲走散,一切都是谎言!琥珀从森林里出来前的三个小时里发生过什么?

她甚至都不敢回忆!如果父亲和三个小伙伴之间,只能选择一样的话,在上岛前她会毫不犹豫选择父亲。现在,让她做抉择,却非常痛苦,舍去哪一方她都会心痛。

然而残酷的事实是:这个两者选其一的"如果"居然是真的!

"淘淘,我真的对不起你们,爸爸是我唯一的亲人,他辛辛苦苦抚养我长大,即使我用生命回报他千万次也不足以偿还,你们懂吗?明白我的苦衷吗?"她的内心煎熬着。

啪——

她突然猛拍红袋鼠,咬着下唇,声音凄凉:"加快速度,别让他跟上!"

红袋鼠的速度更快了，把淘淘抛在身后，越抛越远。

她究竟怎么了？淘淘不明白她为何喜怒无常，虽然喜的次数屈指可数，而且她突然一脸忧伤，心事重重。

突然，他骇得浑身僵硬，不敢动弹。水袋里明明还有半袋水，他一个小时前检查过，为什么全部没水了？他们喝水一向很节制。难道是琥珀偷偷把水倒掉？这怎么可能？不！她不会那么做，她也没有理由那么做，除非——

心跳有如擂鼓般狂颤不已，身后的脚步声急促，一股寒冬般的气息令他双眸一紧。

当——

淘淘没有来得及回头，两把锈迹斑斑的大刀飞来，架在他的脖子上，在眼前交叉出声响，激出星星点点的火花。

淘淘大吃一惊，想也没想就脱口而出："土著人！"

"淘淘——"

远处凄厉的悲鸣声如此熟悉，视线拉长，远望时，他的面容再度僵硬。

远远地，文文和安琪也被两个土著人抓住了。他们像牵羊一样，把捆住的人强行带走。

身后的人也对淘淘实施捆绑手段，生怕到手的猎物会突然生出一对翅膀飞了。

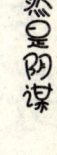

淘淘陷入混沌的思路中，一根心弦飘飘忽忽给了他回应：是不是中陷阱了？

没错!只是这个特殊的陷阱会让他伤透心。

受土著人牵制,他们只得乖乖听命,心不甘情不愿进入土著人的巢穴。

渡过海峡,从一个不引人注目的狭窄岩洞深入,眼前豁然开朗,另一片新天地令人叹为观止。

眼前是高深莫测的悬崖峭壁,崖下怒涛滚滚,猛烈地拍击岩石,水雾如暮霭般缥缈,涛声似战鼓,在耳畔挥之不去。

让人吃惊的是悬崖上的"宫殿",全是由圆木竖成的墙,尖锐的上端能阻止外敌入侵,而厚重的木墙嵌在岩石的沟槽间,依托在一种粗壮的藤蔓上。这种藤蔓只生长在悬崖上,固若金汤,还能抵挡刀剑的攻击。完美的悬崖建筑易守难攻,十分隐蔽,结合大自然的坚韧产物,简直就天衣无缝。

把它喻作"宫殿",是因为藤蔓正处于开花季节,五颜六色的菱形花朵点缀出不一样的形态,宛如黑色盒子上裹了一层闪亮的钻石,想象一下这该有多美多奢华。

但是殿内却阴森森,好比阴冷的海水攀到了身上,寒得三个小伙伴直哆嗦,几乎不敢正视前方。

黑暗中发出一声细细的摩擦声,火花跃过黑暗,点燃一只火炬。

砰——

火炬如烟花炸开,燃起熊熊大火。

明亮的光芒驱逐黑暗,侵占每一块空间,直到无法逾越的岩洞深处,光亮才缓缓止步,与另一半黑暗达成共识,互不干扰。

光影交织，似乎晃了三个小伙伴的眼睛。

忽然间，淘淘好像瞥见明暗交界处隐隐有一个身影。

定睛细瞧时，瞳孔却逐渐放大，一个高大、结实的身体穿透黑暗那层薄膜，立在他们前方。

押解三个小伙伴的土著人见到此人，立即诚惶诚恐地下跪，显示那个人在此地有极大的影响力。

光看那人的模样，就把三个小伙伴吓得不敢随便动弹。

恐怕他就是土著人的酋长，最高领导人。

酋长的尊容与一般土著人的差异在于，他脸上多了两个圆窟窿，不管从哪个方位看，都能瞧见窟窿里的牙齿，残酷的眼神似乎可以杀人。一身行头比任何人都惹眼，头戴狮王头，身披虎皮，脚蹬鳄鱼鞋，脖子上还圈着一条鲨鱼尖牙做成的项圈。

"你们——三个——"酋长竟然会使用文明人类的语言发话，口气冷森森。

迫于他的气势，三个小伙伴连大气都不敢喘一口。

酋长的话没说全，并不是他不想说，只是一时改变话语的发音，他无法适应，舌头显得很吃力。

"你，你怎么会——"淘淘鼓起勇气问，但话到一半就卡住了，一个小小的身影让他错愕。

一个女孩走到光明处，胆怯地说："酋长，是不是可以放人了？"

两个女生反应更加激烈："琥珀！"

"你们安静点！"琥珀头也没回，不耐烦的口气。

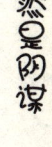

红袋鼠也从一旁跳出来,贴在她身后,寸步不离。

酋长那双黑眸实在太过吓人,令人心惊胆战。

面对他魔鬼般冰冷的双眼和威严的气势,琥珀无法再低声下气,她有点急躁:

"酋长,该释放我爸爸了!人我也带来了,完全符合你们的要求,你应该守信用,身为智者,身为酋长,信用是不是很重要?"

酋长听得不疼不痒,三个小伙伴却陷入迷雾里。

难道……

淘淘怎么也不敢相信琥珀在欺骗他们,他那双星空般的黑眸里闪过波澜,身心蓦地一僵,仿佛灵魂远离了躯壳。

"怎么回事!"

两个女生哪里耐得住性子,禁不住扯着嗓子叫出来。

啪啪——

两个女生的脸立刻被冲上来的人扇了两巴掌。她们被扇得晕了头,正视来者时,浑身战栗。

打人者是琥珀!

7

蜕变的琥珀

琥珀沉默地看着他们，深幽的眸子里没有愧疚，没有悲伤，有的只是无尽的冰冷。

可是他们不会知道，琥珀这么做是为了救他们，即使是暂时延长他们的命，她也要这么做。

当一个水手在酋长面前吼出声时，酋长立刻宰了他，没有任何征兆就出手了。

这次，酋长只是静静看着三个小伙伴和琥珀，眼中隐藏着深意。

淘淘心痛地问琥珀："你是不是骗了我们？"

两个女生一听，吃惊得小脸扭成一团。

琥珀却扭过头，望向酋长，不得不客气地说："请酋长大人放了我爸爸！"

酋长不紧不慢地答了一句："好。"

"太好了！"琥珀紧悬的心一时间找到了着陆点。

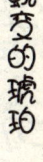

她向着黑暗冲过去,兴奋地哭道:"爸爸,爸爸——"

虎克船长被人从黑暗中推出来,浑身是伤,鲜血淋淋,奄奄一息。

"爸爸,你怎么成了这个样子?"琥珀怔住,眼睛愤怒地瞪向酋长,"你,你打人?为什么打人?"

虎克船长已经伤得难以言语,而酋长却来了一句:"放人的代价也是有的!"

"救救我们啊!船长——"

黑暗中传出呼救声,听声音是大副、水手等人。一群船员全被逮住了!

"琥珀公主,救我们啊!"

呼救声一时间不绝于耳。

"爸爸——"琥珀痛哭流涕,哪会顾及其他人,心中害怕爸爸会死掉。

没几秒钟,黑暗深处那些悲鸣变得鸦雀无声。恐怕被人堵住了嘴巴。

"滚吧!"酋长用鄙夷的口吻下令。

琥珀忍住哭声,把爸爸扶起,让红袋鼠帮忙把他抱起来。

红袋鼠的育儿袋装不了虎克船长,他是大人,而且又重,育儿袋承载不动,但是它的前肢可以抱起他。

"等等,你把一切说清楚啊!"文文非常不甘心地说,"你想让我们死得不明不白吗?"

"请让我说点话,好吗?"琥珀即使咬牙切齿,也只得用恭敬的言

语对酋长说话。

酋长没有反对，却异常认真地听他们讲话，好像在学习他们的语言。他拥有语言天赋，没几个小时便能听懂人类的语言，并学会简单的对话。

琥珀望了一眼父亲，伴随着神情焦灼、忧伤、痛苦的神情。她面向三个小伙伴，无尽的哀伤一点点流露出来：

"我和爸爸他们一进森林便被土著人抓获。酋长准备杀掉我们祭献图腾，同时还要祭献三个土著小孩。我们便想到这是土著人的野蛮仪式，我想，反正他们要的是小孩，何不用你们来祭献那三个土著小孩？所以拿你们来救我们。结果酋长只同意三换二，也就是说可以放了我和爸爸。"

她特意放低声音说："其实我可以直说你们的位置，但是我抱着一线生机，海盗船绝对不能被土著人取走，那是我和爸爸逃生的工具，所以谎说你们很聪明，不容易逮住，但我可以骗到你们。"

淘淘听得心疼。

"于是，才上演了那些事故，我和土著人约定在海峡抓人，因此我找机会倒了你们的水，假如你们没发现水袋空了，自然去取水，即使你们没有发现水没了，我也会说的。"她故意放大一点声音，"船没了，我只想救出爸爸，我又骗了你们。"

"你这个骗子！"

两个女生双腿发软，咚的一声，跌坐在地，像被抽去骨架的泥娃娃，无法移动，只能怔怔地看着她。

"又?难道——"淘淘好不容易才吐出一句,一副苦楚的表情,涌上心头的百般滋味也令他握紧了双拳。

"是的,我在船上也骗了你们。我利用你们,玩弄你们的感情,从头到尾没有说过一句真心话,我是个彻彻底底的大骗子!"琥珀越说越激动,血气涌上心头,泪水溢出眼眶。

三个小伙伴的心再次受伤。特别是淘淘,心如刀绞,眼中的苦楚转变成厌恶与憎恨。

"'不要死'也是假的吗?"他咬住下唇,记得被毒蜂蜇得死去活来,他还是听见了她的呼喊:"不要死!"

琥珀的心更痛,她不知该如何回答他,但是当时,这句话的确发自内心,好像从头到尾,唯独这三个字没骗人。

"你巴不得我死?你竟然是个如此歹毒的女孩!"淘淘的质问升级为咆哮。

震得琥珀连连倒退,娇小的身躯有些颤抖,频频深呼吸。

周围人似乎被这种紧迫的气氛感染,全看呆了。即使言语不通,肢体语言已经很明显。

酋长像看戏一样欣赏,眼前这种有趣的场景并不多见。

"太可怕了!我们那么信任你,为你出生入死,可你,连毒蜂事件都不能让你动容吗?你不是我心中的天使,魔鬼——你这个魔鬼!我恨你!"淘淘无法相信被骗的事实,更无法忍受她现在的态度。"即使我死了,也不会原谅你,可恨又歹毒的女孩!"

琥珀看到他那双黑眸充斥着愤恨的怒火,心凉了半截,似乎在寒冰

的水域中上下沉浮，无法再度拥有暖意。

两个女生也和淘淘一样，把痛硬生生藏起来，让愤恨尽情在脸上燃烧。

安琪冰冷地厉声呵斥："快点滚！我们不想见到你！"

"你伤害了我们！用我们的命换你们的命，你已经如愿以偿，开心了吧？我们是傻瓜、蠢蛋，是你的奴隶，你根本不会在意。你们的生命比较金贵，我们的生命渺小得如蝼蚁，算不了什么，是这样对吧？"文文轻蔑地笑出声。

琥珀保持缄默，内心做着消极抗议：不是的，我——我没有！

她知道说什么都没用，一开始她就已经做错了，而且一错再错，到了这种无法收拾的地步。难道在搭上别人性命的时候说：我错了，我不是故意的。也许一开始么想过，但现在我改正了，很想和你们成为朋友，真心的朋友？

琥珀嘴角轻咧，露出苦涩的笑，泪水却簌簌下落。

她捂住脸，钻入袋鼠口袋。

噔噔噔……

红袋鼠带着两个人远去，消失在"宫殿"出入口。

制造陷阱的三个土著人是意外碰到淘淘他们，而枪声是酋长在玩弄一把猎枪时，他不知道怎么使用，不小心打出一枪。

此时，酋长又摸出猎枪，左摸右瞧，十分喜爱的样子。

这把枪是从虎克船长手上夺走的，不过他们不知道虎克船长还在身上藏有一把手枪。

酋长把猎枪正对着三个小伙伴瞄了又瞄，吓得他们浑身打战。

死神一直在他们身旁徘徊，就像黑暗无时无刻的存在。而昏黄的岩洞口正闪烁着一双双明亮的眼睛，虎视眈眈盯着三个小伙伴，像一群准备猎食的毒蛇。

天色渐暗，琥珀才找到避风的岩洞。这里地处海滩，几乎在海岛边缘，位置相对高点。

正所谓高处不胜寒，更何况雾深露重，但她没有选择，远离悬崖宫殿，似乎才能找到安全的感觉。

虎克船长睡在干草铺好的石洞里，满脸愁容一直无法消去，口中不时呓语：

"藏宝图，还我藏宝图，再不还我，我立马把你的窝端掉！"

唉——

琥珀眼角滑出晶亮的泪水，爸爸还是那么爱逞强，小命都快不保了，还挂念着藏宝图。

她心伤，也饱含另一份感情——三个小伙伴对她的态度既排斥又怨恨，这种结果不是她想看到的。

"不行！"她豁然起身，急欲离开。

"琥珀——"

身后飘来父亲虚弱的呼唤。

"爸爸，你醒了！"喜悦冲淡了忧愁，她重新回到父亲身边。

"爸爸，饿了吧？渴了吧？"她从一角取出水壶和野果。

虎克船长咽了几口水，说话才略有力气，却抖得厉害，似乎是无法

接受。

"船真的没有了吗?"

"是的。"琥珀低下头,承认这个恐怖的事实。

"可恶!那三个小鬼怎么办的事?"语气充斥不满,几乎是狂躁,他的霸气没有因为受重伤而减弱。

"爸爸,请别怪罪于他们。"琥珀有心袒护三个小伙伴。

"什么时候你的心也被他们俘虏了?虎父无犬女,你这么快妥协吗?别忘了——"

"爸爸!"琥珀一声厉喝,打断了他的话音。稍过片刻,她缓和口气说,"对不起,爸爸。我相信这次我不会看走眼,他们绝对能信任。"

虎克船长依然一脸严肃,带着不肯妥协的愤怒:"女儿,你忘记上次那个小子差点从你手上骗走藏宝图了吗?任何人都不能相信,你还是死了这条心!我知道你刚才想干什么,你想去救他们!"

"他们和他不是同一类人,他们那么单纯、善良,全心全意对我好,一点儿做作的迹象也没有。"琥珀眼中透出坚定神情。

"凭你一个人救得了他们吗?"虎克船长反问,怒火在心中燃烧。

"他们没看好船我也很生气,事已至此,我们不能再霸着这个理由不放,他们是无心的。"她说,牙齿咬住下唇。

"无心的?你肯定?"虎克船长疑心特别重。

"爸爸,天不早了,我再不去,恐怕他们再也见不到明天的太阳了。"她执意要走。

"连船都看不住,这种人有必要救吗?"虎克船长冷冷的语调问。

琥珀抽了口气，眼角渗出一滴泪：

"没有人能把每件事都做得十全十美，但是他们一直在努力。爸爸，请你让我做一次主吧，我也渴望像普通人那样拥有真正的朋友，孤独很可怕，你知道吗？"

虎克船长第一次听见女儿的心声，两股眉毛拧在一起，"你这是去送死！"

"我不管！"琥珀收起伤感，朝腰间拍了一下，带出一声怪响，"你的手枪我先借用一下。"

"你——"虎克船长发出低沉的声音，脸色铁青。

手枪藏在他的假肢里，他的一条小腿是假腿，这一点只有他们父女知道。

月亮已经爬高，不安分的风势时快时缓，刮得海岛上的动植物悸动不安。

红袋鼠带着琥珀穿梭在丛林间，像一个幽灵，时而又隐没在高低不平的土丘中。

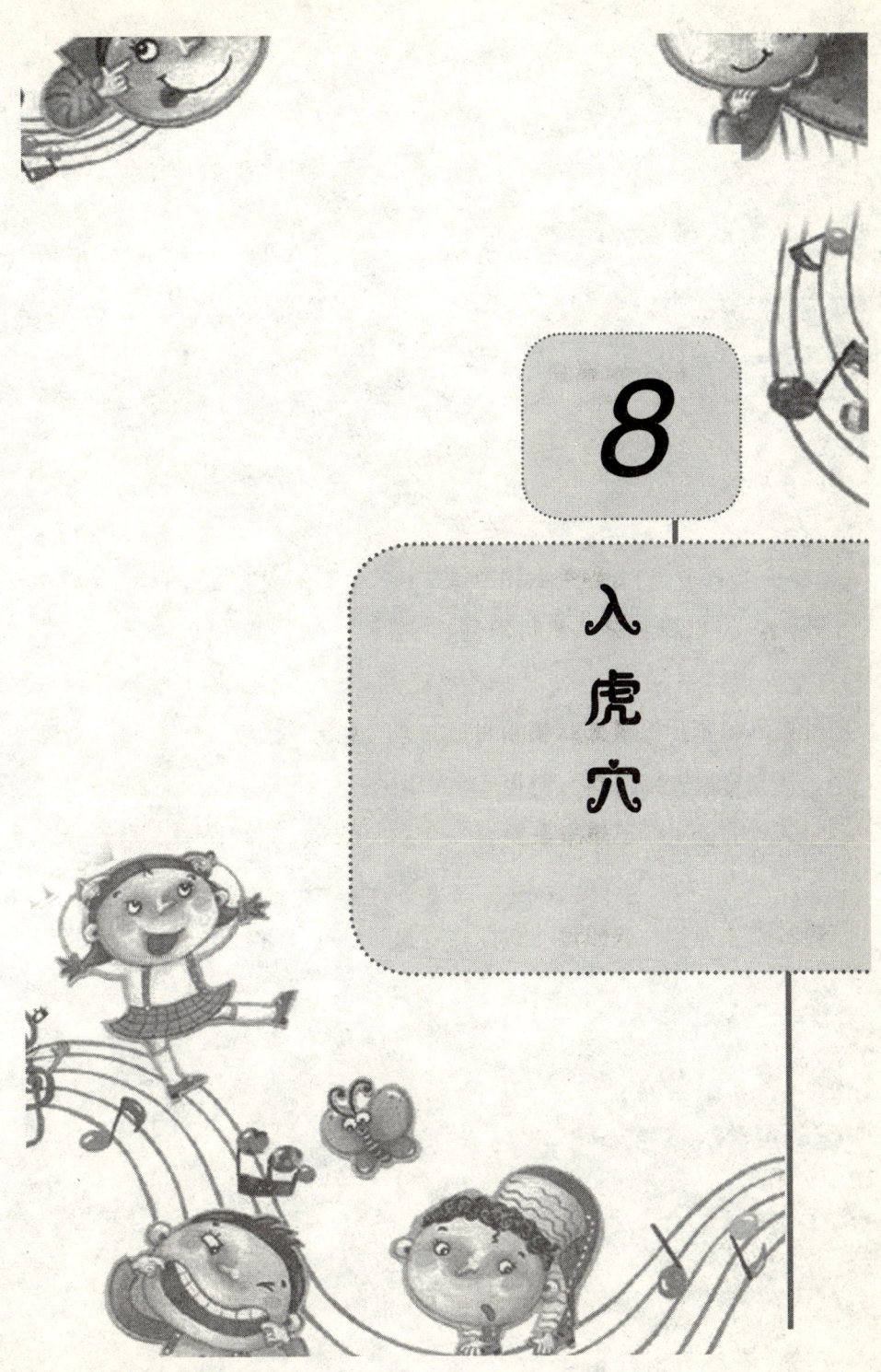

8 入虎穴

风，呼啸而过。

雾，迷蒙惨淡。

琥珀的身影攀向峭壁。她不能从岩洞进入，那是死角，洞口绝对有人把守。

红袋鼠隐匿在杂草间，向着主人的方位遥望了好一会儿，恋恋不舍跳开了。琥珀要红袋鼠去照顾父亲。

徒手攀岩，她不是没训练过，只是这道障碍——岩石峭壁，出奇的陡，出奇的难爬。

手心、手指已经被尖角划出不少口子，她忍住痛彻心扉的撕裂感，一步一步挑战高难度的障碍。

有一刻，她好想停下来歇息，但是她不能！心中想到三个小伙伴本不该受这么多罪，她就有负罪感，背负的责任更是如山压顶。

父亲救出来了，她已无牵挂，看到父亲还有力气跟她争执不休，她

8 入虎穴

能断定父亲的伤不会致命,只是需要时间来愈合。

"袋袋,不要让我失望哦,父亲就交给你了,一定要照顾好他。"

她有不好的感觉,忍不住重复对袋鼠这番话,那口气不像是嘱咐,倒像是道别。

"坚强点,琥珀,什么大风大浪没见过,又不是没见过土著人。"

她很想驱赶心中的惶恐,怎奈还是逃不开恐惧的声音:"这次的土著人更古老更野蛮,这块土地太神秘莫测了。"

达到巅峰,她匆忙伏下身体,脚下的悬崖、宫殿尽收眼底。

借着月光,她瞧见手掌都是鲜血,只好从御寒的衣裳上扯下两块布料缠紧伤口。

风力在高处总是特别强劲,而且特别寒冷。

她冻得咬紧牙关直打哆嗦,一时还不敢轻举妄动。

宫殿外有许多土著人站岗,一个个都是狠角色,比常人更懂得倾听周围的声音,恐怕任何风吹草动都难以逃脱他们的耳目。

琥珀仍然一动不动,她在等待那道一触即发的机关。

轰——

刺耳的爆炸声像惊雷滚过!还伴随着石头磕碰的声响。

峭壁震晃了一下,又恢复坚不可摧的态势。

土著哨兵顿时乱作一团,他们纷纷向宫殿出入口——岩洞那里奔去。

机不可失,琥珀慌忙借助藤蔓向下滑。

攀岩前，她就准备了一切。在通往悬崖宫殿的岩洞外安置爆炸物。费了几颗子弹，只要将里面的火药包在布里，连一根棉线，棉线较长，绕着圈子环在一大包装满水的袋子旁边。

这种袋子可以撑得很大，像一头成年海豚那么大，特别是装水，可以将体积扩大很多倍。

她和父亲通常把这种袋子当衣服缠在腰间或脚上，以备不时之需。

因为光那些火药的力量还不够，只得借助水袋的爆炸力。

想象一只大气球，炸开时的声响该有多惊人，加上水的冲击力和火药的爆破力，岩洞口立马炸塌了一部分，岩石碎块挡住了通道。

原本琥珀还担心棉线中途灭了，或者爆炸时间过早该怎么办，晚点就没什么了。

老天还算给面子，只让她受冻了十分钟，外加焦头烂额的情绪。

土著哨兵忙着清理坍塌的岩洞，都没有关注宫殿，他们在意是不是有人在外面搞鬼。

琥珀匍匐在一小块黑暗的岩石上，伺机而动。

宫殿内迈出一个派头很大的人——酋长。

他身后还有两个土著卫兵跟着。

酋长面目狰狞，全身肌肉纠结紧绷，愤怒地说着什么。

立刻，有几个土著哨兵向他汇报，手臂挥向岩洞，比划着什么。

酋长一双锐利的眸子和飞扬跋扈的眉，无情的薄唇又吼出几串音符，便前去查看情况。

小岛惊魂之海盗公主传奇

周围的土著人都吓得瑟瑟发抖，一律低下头去。

琥珀趁他们紧张时，一个健步，跨进与她只有一步之遥的侧门。

黑影刚闪过，酋长竟然停住了脚步，他是背对侧门的。

原本就有紧迫感的土著人，以为酋长又要发什么狠话，全部弓下腰。

酋长怪模怪样地翻翻眼珠子，猛然回过身巡视后方。

琥珀贴在圆木墙上，一种脊梁骨发寒的强烈感觉直冲脑门。

这一刻太安静了！不光是里面，也因为门外。

殿内有火把插在石缝隙，明暗交替，摇曳的影子有如鬼魅之躯。

要是全亮起来，她将无处躲藏。她庆幸地轻抚胸口，让自己镇定。

门外，酋长晃着两只胳膊刚走，忙乱的土著人又把窒息的气氛变热闹。

琥珀悄悄舒一口气，为刚刚诡异的不安舒一口气，也为现在里面无人奔走的好现象舒一口气。

她奔走在黑暗空间，向深处探去。

黑暗是魔鬼的羽翼，它能掩住众生的眼睛。

乘着羽翼飞翔的人儿，却不知有人不在黑暗的管辖下，因为黑暗挡不住那个人的眼睛。

岩洞十分宽广，多渠道，分好几层，到处火光闪烁，远望深处或高处，如星星点缀在黑幕上。

琥珀不知道这里究竟生活了多少土著人。敞亮、幽深的环境，也让

86

她着实把眼睛瞪得跟牛眼一样大。

她发现土著人就睡在凿出的洞里,并不统一,分散居住。

那种睡法肯定如睡棺材那般压抑,不知道三个小伙伴会睡在什么环境下。

也许他们连睡觉的机会都没有。琥珀如履薄冰,向前窥探情况,心中第二次替别人着想。

为什么如此安静?今天不祭献他们吗?

思绪被一阵怪笑打断,听得她毛骨悚然。

探向声源,她偷窥到一群土著小孩在折磨三个小伙伴。

三个小伙伴被藤条束缚在木桩上,嘴巴里塞满了干草。

可恨的土著小孩正用橡实打他们。每个小孩握着一把弹弓,把橡实当子弹射向他们。

橡实像冰雹般落下,每颗都精准地打中他们。

啾啾的声音在耳畔响个不停,他们被打得好疼,眼中涌出委屈、疼痛的泪水。

也许他们刚开始会愤怒,但疼痛来得更真实些,不免流下委屈的泪水。

琥珀感觉心疼了一下,瞪着土著小孩,怒火几乎灼伤了她的眼。

攻击仍旧继续,而且愈演愈烈。

土著小孩身旁有一箩筐橡实,现在才被他们消化掉一半。

三个小伙伴被橡实击中的脸部又红又肿,不停扭动的身躯显示他们

8 入虎穴

小岛惊魂之海盗公主传奇

有多么难受，仿佛虫噬那般难忍。

怎么办？琥珀仍旧瞪着那些不知疲倦的土著小孩，几乎忍耐不住。

心急如焚的时刻，忽闻青蛙呱呱叫，仔细望去，她看见一个窟洞里摆着一个笼子，笼内大约有三四十只青蛙。

她心中不禁升起一丝疑虑，哪来的青蛙？刚才有吗？怎么现在才听到叫声？

脑子里一计上来，使她暂时放下疑虑。

琥珀蹑手蹑脚提走笼子，在阴暗的角落放了青蛙。

青蛙一只只活蹦乱跳，四处逃窜，叫声嘈杂。

土著小孩这才注意到青蛙。有些青蛙都窜向他们了。

他们不得不停下手中的攻击，嗷嗷叫着，不知讲些什么。然后手忙脚乱去捉青蛙，顽皮的脸上尽是不安的神色。

琥珀已经把笼子扔一旁，静候在阴暗的夹角处。

一个土著小孩捡回了笼子，朝同伙叽里呱啦说话。抓到青蛙的小孩便把青蛙轻轻放入笼子里。

每只青蛙都鼓着大众化的"玻璃眼"、绿身躯、白腹肚。这些草莽野孩太过小心的动作，令人怀疑，也许这笼青蛙别有用处，他们得罪不起。

呼呼冷风从一些不起眼的小孔中灌入，在石壁间在洞穴里形成一股股阴风。琥珀不禁微微打战，仿佛那些阴风是从敌人锐利的眼眸里发出来的。她紧张地四面张望，目前她离三个小伙伴只有一"墙"之隔。

离得那么近，却感觉隔了千山万水。透过石缝她勉强看见三个小伙伴的脸庞，死气沉沉，毫无生气，半点活泼的影子都找不到。先前，即真相揭穿前，他们真的很快乐，哪怕吃了很多苦，苦中作乐也习以为常。如今是心灵创伤，试问皮肉之伤哪能抵得过心灵沉入死寂那般痛、那般苦。

青蛙声接近消失，正是她出手之机。

脚步刚晃到石壁一端，即通道口，影子还没落稳，耳畔便警觉地吸收到异动——

迂回曲折的岩洞通道回响着沉闷的脚步声，一声接一声，又齐又稳的叩响琥珀的心房，震得她的心脏一颤一颤。

听声音是一队人，整齐有序，脚步稳健，看来来者强壮有力。她不由得退步，转回更安全的角落。

一抹孤单的影子滑入石壁时，淘淘似乎瞥见了，脸色在惊愕中彷徨了一阵子，那道影子他再熟悉不过了。曾经他用眼睛追逐她的影子，一边哼歌一边不辞辛劳地苦干，把海盗船擦得干干净净，丝毫不敢马虎。那是他一生中干过最多粗活脏活的一个月，手掌都磨出了茧子，起水泡更是常常发生。

8
入虎穴

再苦再累他都没吭一声，哪里知道一切都是"镜花水月"不堪一击，平静的心湖早已被打碎，被搅得天翻地覆，<u>丝丝酸意从心底滑过</u>。

"怎么可能是她呢？"他宁愿自欺欺人，也不敢去相信她会真心想救他们。被骗怕了吗？也许吧。

"怎么了？淘淘。"

他那一声微不可闻的细语还是被旁边的两个女生发觉。文文用低低的声音问他，气色相当不好。

"刚刚我好像看见琥珀了。"淘淘如实说，一切都没必要隐瞒，虽然心中对她生出了排斥情绪。

曾经激动的思绪早已过去，再发生什么事似乎都激动不起来。安琪耷拉着脑袋，备受打击的样子，"她是海盗，你别忘了！早就应该怀疑了，都是你护着她，自作聪明地以为她善良，人家还没找到理由辩驳，你倒先行一步，替人家解围。我们相信她，还不是因为听了你的话？现在我们死定了，你难道不知道吗？她是我们的死神，怎么会救我们？别再执迷不悟了。"

"八成是眼睛看花了，即使她来了也不会救我们，恐怕要救的是其他海盗成员，毕竟寡不敌众，如果能救出自己人，再去对抗野蛮人，胜算比较大。"文文理智地分析了一下。

"是啊，我们只是小孩子，力量又有多少，救我们不仅费时费力，而且被发现的话更得不偿失。她没这么傻，否则我们也不会被她骗得团团转。"淘淘似乎在自嘲，心里产生百般滋味，看来自己不能再对她抱有任何希望了，木已成舟，还是多多考虑他们三个该如何自救。

土著小孩已经散去了，不是因为玩累了，而是整齐划一的脚步声越踏越近。

每一步都震得通道嗡嗡作响，像是死神迈着无与伦比、不可侵犯的

步伐，几乎敲碎了三个小伙伴的心。

他们震颤不已，难道死期到了？应该是这样。

琥珀缩到了更远的石缝里，不过三个小伙伴的对话她听全了。

说者无心，听者有意。

虎克也算是海上霸王，在大洋上扬帆起航之日，他就顶着一个聪明绝顶、狡猾多变、勇敢无畏的脑袋穿梭地波涛之上。堂堂的海盗船长之女——琥珀，又怎会逊色？

只是她的聪明狡黠都用在了玩耍别人上。

聪明的琥珀决定放弃第一项冲动的计划，先不去救三个小伙伴。

一语惊醒梦中人，如果把海盗成员放出来，即使不能全数撤退，也能让野蛮人方寸大乱，自己再转而去救三个小伙伴，岂不是良策？

她的身影没入一道屏障——石头堆积起来的古怪造型，像一只鲸和海马的结合体，十分诡异。

在她身后，一大片阴影处，一个笼子伸了出来，里面是昏睡的青蛙。

笼子稳稳落在诡异造型的背上。昏暗的光线下，那只手又黑又细，却不柔弱，好似钢筋铁骨。

当他把手从笼子上抽回时，身体已经尾随琥珀而去。

轰的一声响，几支火把同时亮起，浓烈的光辉照得三个小伙伴睁不开眼睛。

放眼望去，二十个土著卫兵整齐而来，一个个好似又黑又硬的

石头。

　　三个土著卫兵分离出队伍，面无表情地解开三个小伙伴身上的藤蔓。

　　土著卫兵后面冒出十个土著老太婆，清一色都是女人。她们手上各自拿着不同饰品，有成串的兽骨、樱桃、尖牙、皮毛等，其中三个头冠最显眼，一只鲸和两只海马像连体婴儿那般相辅相成，看似诡异，却很顺眼，并不丑。奇的是三个头冠的材料竟是用藤蔓编织而成，惟妙惟肖的鲸和海马，居然是那般的灵巧、生动，宛如要挣脱束缚，扎入一片汪洋大海。

　　显然，这是祭前准备。饰品一件件套在他们身上，把这三位文明的人类装扮得跟土著祭师一样，然而他们只是祭品。

　　三个小伙伴发软的双腿不住打战，两眼无神的对视，又让原本不平静的脸上阴云密布，恐惧、焦灼、不安等种种情绪排山倒海侵入每一个毛孔。

　　死定了！死定了！看来马上要祭祀了。

9 祭祀三个小伙伴

风声有些紧了，似乎要撕裂耳膜，又似乎要把人的脑际扫出一个洞来。

头顶是一个圆洞，完全可以仰望苍穹。

黑幕上有那么一两颗星星调皮地眨眼睛，无视人间灾祸、幸福、苦难，只是冷眼旁观。

崖壁光滑，无外可攀，飓风早已将此处雕琢成一个葫芦状的洞穴，看起来是那样的神奇，不可思议。

葫芦洞穴里有一座坚固的圆木牢房，海盗成员被关押在里面，全被堵上了嘴，身上捆着藤蔓。

他们一个个东倒西歪，昏昏欲睡，似乎又睡得极其不舒服，身体不停扭动。加上大风侵袭，冻得他们脸白唇青，眼圈发黑，惨状兮兮，比重病患者还要难看。

小岛惊魂之海盗公主传奇

牢房外,靠近避风口,直直挺立着八个土著卫兵,他们长得比张飞还难看,却有关公老爷那样的气魄,一点儿都不容小视。

没想到野蛮人也有将帅之才,事情比想象中难办,棘手得很!

琥珀此刻像壁虎般攀在通道里的石壁上,两眼恍如璀璨的星眸,光芒中渗出丝丝焦急之色。

找到这里并非碰巧,也不是偶然。根据她的观察,她发现灯火通明的地方都是居民区,反而阴冷潮湿的位置才关押犯人或敌人。

她刚才已经绕过了几座不同的"监狱",狱中关有野蛮人,是岛上土著人的同类,人数不多也不少,总共加起来,大约有三四十人。看守卫兵倒是没有那么多,一间牢房两人,严格讲是比较宽松的把守制度。

牢里土著人的待遇也好不到哪里去,相反,他们都遭到了毒打,一个个半死不活,像死尸一般横七竖八躺在冰冷的硬岩上。

想到这些,琥珀再次不寒而栗。

如何施救?她感觉脑袋又大了好几圈。

她从怀里掏出手枪,在眼前晃了晃,便收回腰上。深邃的眼眸里流光溢彩,智慧之光隐隐流泻。

她悄无声息地溜出狭窄的通道,把附近的火把熄灭,接近把守卫兵的火把暂时不敢动。

然后攀到岩石上,借助头顶的棱角,双腿蜷曲,缠住棱角,倒挂在空中。此处是黑暗的避风港,不时有风从通道口溜进来,风力尚小,微微吹拂着她额前的几缕碎发。

她仰起头，手上持弹弓，一把石子已经上膛，瞄准的方向是风口处的卫兵。

五十米的射程范围对她来讲易如反掌。这个看似娇弱的女孩其实是个文武全才的小公主，这也是她天生傲慢的本钱。

嗖嗖嗖……

黑暗中一把石子破空袭来，如飞鹰猎食般快、狠、准。

砰砰砰……

那些反应迅猛的卫兵还是疼痛地直叫，他们举起砍刀就冲过来，向黑暗踏去，顺手还拿了火把照明。

气急败坏的土著卫兵就要逼近，琥珀一动不动，紧张是有的，连汗水都湿透了衣裳，嘴角却泛起了诡谲的浅笑。

光总是最先到达黑暗，她的身影很快被光芒覆盖，暴露在敌人面前，然而她没有逃，神色透出钢铁般的意志。她是坚强的，最危险的时候总是会这般表情。

土著卫兵的锐眼捕捉到她的那一刹那，同时都小愣了一下。

呼啦一声！

空气中散发出一阵阵怪异的味道，是熟悉的刺鼻气味，双方都熟悉，那是石油。土著人也用那玩意儿当燃料，海岸线上有一口石油井，像温泉那般滋滋往上冒，黑色的液体那般招眼，让有心者铆足了劲。

琥珀泼出了石油！黑油最先穿过他们高举的火把，瞬间燎原，一发不可收拾。

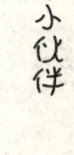

惨叫声连连，八个土著卫兵身上都着火了。愈加刺鼻的焦味团团散落，弥漫在冰冷的空气中。

他们呼天喊地，完全失魂落魄，灭火的架势十分狼狈，越是慌不择路，火势越大。

八个人都踉跄着脚步向前跌去，哪里还顾得上杀敌，命都快没了。

火球似的敌人在脚下仓皇逃窜，琥珀并不理会。

她跳下来，迅速向牢房冲去。

牢房里的人员被叫声惊醒，眼巴巴见有人来了，一个个欢蹦乱跳，原先的死气顿时消亡，被喜悦和希望取而代之。

琥珀拔出小腿外侧束好的匕首，割断牢门上的藤绳。

门一开，一群死里逃生的同伴蜂拥而来。

琥珀只割断两个同伴的藤绳，丢给他们一把小刀，头也不回地走了。

"你去哪里？"一个少年水手回头大叫。

一群人也是焦急、纳闷儿，不知道小公主急匆匆的样子要去干什么。

"你们分头逃跑，尽量不要与野蛮人相遇，我要去救人，没空与你们闲扯。"她还是那般自傲，神色中多了几分自信。

"小公主——"

一群人急不可耐地大喊大叫。

"想死就扯破嗓子叫吧！"琥珀依然没回头，说出的警语铿锵有力。

小小的身影闪入危机四伏的洞穴里，身后的不明人物紧紧尾随。神秘、诡异的气息和岩洞里散发出的一股股幽冷潮气，步步逼向无知人儿。

一缕失落的光芒，似流星般滑过她的眼睛。

关押三个小伙伴的岩洞已经人去屋空。

她去找海盗成员的时候，见到好多土著人一齐朝一个地方涌去，人流一波接一波，当时没想太多，现在结合实际状况来设想，难道——

祭献开始了！

正当想得出神，一队土著卫兵旋风般经过。

还好，她没有站在光亮处。

看那阵势，已经知道牢房出岔子了。

也好，趁乱之际救人，越乱越好，非得搅它个天地变色不可。

她回忆之前的人流方向，逐步向祭台奔去。

黑夜像一只无形的巨手，紧紧箍住她的心。她心神不宁，躲在一处夹缝中目视前方。

这就是祭台，从岩洞的另一头钻出，豁然开朗，外面竟然别有洞天！无数巨石排成方阵，圈成月牙形，场地中间有一个圆形广场，全部由沙子铺成。乳白色的沙粒在火光下幽幽泛白光，显眼而惨淡。

大约两百名土著人跪在圆形广场周围，再外面是一片草地，绿草已经被践踏得不成模样，颓废在他们脚下。这些土著人包括大人小孩，集结了部分土著卫兵，和几个长老，一个酋长。

巨石外围是大海，海浪声在漆黑的夜幕下格外惊心，如暴怒的野

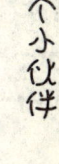

兽,声声震天,仿佛要用叫声把夜幕劈开。

长老们和酋长站在沙地上,面前摆有祭品,有水果、野兽、不知名的植物,居然还有那一笼青蛙。原来青蛙是祭品。

几百支火把嵌在一块块巨石上,像一只只火红色的眼睛虎视着每个人。每个土著人脸上都带着虔诚的敬意,没人敢出声,他们都专注于祭台。

除了祭品,还有一样十分醒目的东西:三个小伙伴被打扮成小土著人挂在木桩上。涂满颜料的脸上看不出什么表情,只有漆黑的眼睛透出他们绝望的惊恐,如果不是火光的折射,眼睛里的泪珠就看不见了。特别是淘淘,泪珠蓄在眼里,没有流出来。他不会让它掉下来,只是心很疼,疼在被人欺骗的事情上,还连累了朋友。

酋长像念咒一样向天祷告着什么,同时跳着一种奇怪的舞蹈,张牙舞爪的肢体语言好像一只捕食的野兽。

琥珀晶亮的眼眸泛着层层微光,几抹余光把她的眼睛衬得美轮美奂,像雪地里一朵绮丽的郁金香。

念到最后,酋长的声音沙哑得像是刀子划破铜鼓,不减余威,句句惊心动魄。他把背脊挺直,好似苍松一般威武。

不知道他们准备怎么祭献这三个小伙伴,琥珀心急火燎,不知如何是好。看看周围,逃跑的路线屈指可数,而且每个洞口都有土著卫兵把守,这是相当严密的防范措施。

她所处的位置只能容纳一个人,在一个岩洞口附近,透过缝隙,她观察到了一切。不妙的是，她和土著卫兵相隔甚近，只有一石之隔，紧张得她连呼吸都小心翼翼。

最坏的打算就是用枪，她不想出此招，因为枪只有一把，人也只有她一个，而敌人却是她的两三百倍。如何才能以少胜多？如何才能救出三个小伙伴呢？除非——

一把明晃晃的匕首在火光下折射出无数道寒光，酋长正握着它。他缓缓抬起头来，一双眼睛好似凝聚着巨大的暴风一般，有着漆黑野兽般的光芒，充满杀气地看着三个小伙伴。

三个小伙伴吓得直打哆嗦，宛如寒风里的落叶。这种寒气感染了周围的人，包括琥珀和土著人都吓得不轻。

匕首像游蛇般划过祭品，匕首末梢掠过三个小伙伴鼻尖，立时，三个小伙伴的身体都僵了，脸色在妆容下血色全失，眼神呆滞了许久。有那么一刻他们以为匕首划破了鼻子，汗水顷刻间"哗哗"流淌。

酋长紧握着匕首，继续在空气中装腔作势装神弄鬼，看样子不需要血刃，也能把三个小伙伴吓死。

琥珀像一只无头苍蝇，茫然不知所措。酋长不会要把他们千刀万剐吧？这是什么祭献？不死也能活活把人吓成白痴，希望三个小伙伴比她想象中坚强，不要被吓死啊！这时她心里想的琢磨最多的还是如何施救。

她摘下腰上的网兜，兜内有三个瓶子，瓶内黑乎乎，装满了各种蚁虫和毒虫，当然啦，这虫叮不死人，但受害者绝对不好受。

前来施救时，她就已经准备了好几种方案，能放在身上的东西一样

都没少,毕竟单枪匹马不搞特殊,恐怕只有死路一条。

幸好酋长没有没收她的家当,酋长只当她是个不足为患的小女孩,殊不知天真的外表下有一颗历练多时的心脏,这一切应归功于虎克船长。

现在她决定豁出去,大干一场,把这个祭场搅个天翻地覆。

酋长摆完一套恐怖的造型,仪式进入高潮。

匕首仍不离他的手,现在这把匕首就要派上用场了,它将划破三个小伙伴的脖子,用他们的鲜血祭祀大海。

似乎杀人比杀鸡还容易,酋长手握匕首站在三个小伙伴跟前,一点儿都没有不安的情绪,神情庄重,面色凛然,像一把寒霜十足的利剑。

忽然——

手起刀落!

10 惊险救人

潮水依旧，浪涛似千军万马。

时间仿佛凝固在每个人的脸上，三个小伙伴瞪着铜铃般的眼睛，目光聚集在酋长结实的手臂上，鲜红的血液像喷泉一般，一股股冒出来，落在沙地里，开出一片殷红。

酋长中弹了！他那张扑克脸，霎时从冰冷降到零下四十度，面色镀上一层死白。

所有土著人惊呆的目光齐齐望向枪声响起的地方，身后的岩洞口，琥珀已经蹿出来，脸上蒙着布，手上戴着手套，几乎全副武装，没有一寸皮肤裸露在空气中，除了那双宝石般的美眸，闪动着清冽的光辉。

她执枪的手那般坚定，毫无抖动的迹象，坚硬的黑色手枪直直对着

酋长,枪口还冒着丝丝缕缕的白色烟雾,像个白色小鬼在跳奇异的舞。

琥珀——

淘淘惊讶之余嘴巴微张,声音细如蚊蝇,似乎不敢相信,又似乎太过震惊,呆滞的表情反而更加强烈。两个女生比他更甚。

酋长举起另一只没受伤的手臂,直指蒙面女孩,疯狂的嗓音撕破这层凝滞的薄膜,一串鸟语蹦出嘴巴,在四周疯狂盘旋,大意是:"抓住她!"

砰砰砰——

三枚"炸弹"落地开花,蚁虫和毒虫满天飞,四处爬,逮着人就是一口,毫无人性,绝不留情,似乎是一只只饿死鬼。

而站岗的两个土著卫兵,即琥珀出现的岩洞口,此时正不停扭动身体,双手在身上乱抓、乱拍,痛苦的模样十分难看。

琥珀为了能跳出来放倒酋长,巧用了毒虫,偷偷放毒虫去咬卫兵。虽然酋长没倒,不过也好不到哪里去,因为子弹上涂了毒。

酋长的脸由白变青,强硬的躯干不由得弓了下去。

祭场一团乱,惨叫声连连,乱蹦乱跳的人群此起彼伏。

琥珀已经不在现场,不知消失在何处,不少土著卫兵也不见了,是前去追敌了吗?

三个小伙伴睁眼旁观，一些虫子在他们身上乱爬乱飞，也许是经历了太多苦痛，此刻他们没有表现惊慌，只是一动不动，减少被虫子咬的可能性。

"那个人是琥珀吗？"

文文的声音飘忽而遥远，不似真声。

"也许吧。"

安琪眼中的暗光没有透露多少喜色。

淘淘一言不发，平静的面目下，胸腔的情绪翻江倒海。她一个人？

琥珀最善躲藏，加上声东击西，一些卫兵已经找错方向被她甩掉，另一些卫兵则碰上海盗成员，双方激战。

她暂时管不了，救人要紧。

如果之前没作标志，恐怕她就迷路了，幸亏她有先见之明。

摸回祭台时，酋长和一部分人已经不见，应该是去治疗伤情了，还留有一部分土著居民看守祭台，卫兵少许。

蚁虫和毒虫死伤大片，仅留有少部分苟延残喘，不足为惧。

三个小伙伴的惨样还是那么鲜明，似乎在打瞌睡。

琥珀不敢贸然行动，现在的形势她不是没想过。

于是，她又静观一阵子。

大当家不在现场,一群小喽啰就好对付了。

计策在心里酝酿开,她从腰上摸出三支小刀。这些小刀是在岩洞里看见的,一看货色就是虎克船长的东西,她能拿回来就不会放过。

这一次仍是冒险一搏,毒虫没有了,只有只身犯险。

嗖嗖嗖——

三刀飞速前进,刺向三个小伙伴,却只是擦断他们身上捆绑的绳索,同时划破他们臂上的皮肤,鲜血涌出。

毕竟琥珀不是小李飞刀,能做到如此已经不错。

当当当——

三刀落地。

三个小伙伴也惊醒,这才发现绳索松了,所有人还没明白过来,一个身影出现在岩洞口,声音铿锵有力,挑衅味道分量十足:

"快来抓我呀,我在这里!"

琥珀单薄的身子立在火光下,身上挂了彩,明暗交替的鲜血附着在衣服上,但是她的神色坚毅、刚强,好似一柄染血的长枪屹立不倒,透彻的眼睛恍如最明亮的星星,蒙面的布已经松开了,露出天使般的容颜。

她成功引来了所有土著人的目光!而三个小伙伴有点傻了。

几个土著卫兵正欲扑上来，砰！

琥珀掏出枪，一枪击在土著人跟前，威力十足，激起的沙土击打在一些人的脚上，痛得他们直咬牙。

这招下马威挺管用，却只能缓一刻。不过她就是需要这一刻，为了掩人耳目，不让土著人知道三个小伙伴已经松绑了，当三刀落地时，土著人只会看到表象，以为她刀法太逊，有的人还笑她猪头，刀法不准还拿来丢人现眼。

"谁上前一步，我就让谁脑袋开花！不怕死的来呀！"

琥珀目光坚韧，眼神锐利，故意不去注意三个小伙伴。

淘淘再傻也能明白她的心意，他松开绳子，帮两个女生把绳子扯开，轻手轻脚带她们往巨石后面跑。

瞥到三个小伙伴消失在巨石间，琥珀却只是莞尔一笑。难道她不怕死？不是！她只是觉得自己问心无愧了，接下来三个小伙伴是生是死她管不了，她只能做到这些，弥补这些，她还不想死，她要逃出去，因为爸爸还在等她呢。

"爸爸——"

琥珀轻唤一声心中的牵挂，眼神闪烁了一下。

砰砰砰——

子弹遍地开花,在枪声中别样激昂。

祭场又是一团乱,土著人一个个如惊弓之鸟。

"效果不错!"

琥珀轻笑,转身跑了。

身后的人蜂拥而上,受伤的人有几个,都不是致命伤,她可没有想过杀人,只是为了捣乱。本来她就是个捣蛋分子,整人原来并不是坏事,特别是用在敌人身上,她乐得不行,从来没有这么开心过。第一次发现自己做对了,因为这次整人不是为了开心,而是为了救人。

琥珀百感交集,在黑暗中狂奔,第一次喜极而泣,凉风拂面而过,凉意也被心中的暖意冲淡,转化成激动,令她热血沸腾:我要逃出去!爸爸——

还有,希望你们活着!淘淘——文文——安琪——

11

再见亦是泪

金色的阳光丝丝缕缕柔滑温和，如丝绸般质感，海平线上的朝阳原来可以这么柔美，令人心安。

潮水无比轻缓，冲刷海滩上洁白的细沙。一处凸起的小沙丘，经过几次海水的洗礼，露出两条腿，然后是身体和脑袋，个子不高，脸蛋在光晕下显得更加惨白，皮肤浮肿，浸泡时间肯定不短，四肢都有擦伤，伤口都裂开了。

气息有些微弱，他还活着！

一切都已平静，直到那些不再安静的海鸟盘旋于浪潮间鸣叫、觅食，周围虫鸣也愈演愈烈，看似生物间和谐的交响曲，钻进昏迷人儿的耳朵是那样刺耳。

眉宇间慢慢舒展，空白的思想渗进了模糊的意识，他一下子坐起来，眼睛仍闭着，细沙似沙漏从他身上滑落。

突然他大叫起来，举目张望，慌慌张张爬起，澄澈的眼睛毫无掩饰，流露出紧张和不安。

"文文——安琪——"

不远处有两个人,和他年纪相仿,一个处在沙石间平躺着,另一个以沙为床,以水为被,海水冲到她颈项就戛然而止,以流沙的速度回退,如此反复。

"文文——"

"安琪——"

他激动不已,手脚并用才来到她们身边,摸摸鼻息,呼吸平和,看来比他好多了,只是皮肤和他一样没有血色,她们身上也有几处小伤口。

把她们拖到平坦处,阳光也炙热了。

她们张开双眼,少年焦虑的模样映照进水晶瞳孔里,脸上不由开出了花样笑颜,兴奋跃然于沙哑的嗓音里:

"淘淘!"

淘淘笑开了,依然鲜活、明朗,眼睛里一闪而逝的忧郁没有掩饰好他的惆怅。

两个女生露出劫后余生的坦荡笑容,他们活下来了!昨晚惊险的一幕怎能让人忘怀。他们跑出巨石阵,站在高高陡峭上,前无退路,后有追兵,他们只好跳海。入水时他们还有意识,与海潮搏击,做生死顽抗,还真让他们坚持游出了好长一段距离,直到他们筋疲力尽,眼皮耷拉下来。醒来时就在海滩上了,海浪把他们从死神嘴里拖出来,还送来了一地阳光,灿烂得让人睁不开眼。

三个小伙伴终于抱在一起,两个女生哭得稀里哗啦,自由——他们自由了!囚禁的日子太可怕了,就像大病一场,此刻病去如抽丝,浑身轻松,他们怎能不高兴呢?

正在感慨万千领悟生命的真谛时,一道十分刺耳、熟悉的声音如珠盘散落:

"你们还活着,没死还真是幸运啊!"

三个小伙伴同时抬头，望进眼里的人儿令他们一震。阳光下，那个天使般的美丽女孩被光晕渲染得更加夺目，清澈的大眼睛，琥珀色的瞳子闪着奇异的光，扇状的长睫毛投下一层朦胧的阴影，时而掩住了眼中的光芒，眨去了更多不易觉察的情绪。她的嘴还是那么刁，得理不饶人：

"你们生来就是累赘！还不如死了好！"

这句话如晴天霹雳，把三个小伙伴脑袋里存在的感激劈得干干净净。

安琪霍地站起来，不知哪来的力气，也许是气极，嗓音大得如泼妇骂街：

"琥珀，你什么意思？要不是你，我们会这样吗？魔鬼！"碍于面子，否则她真能把难听的话叫出来，然后对琥珀轮番指责、控诉。

琥珀嘴角一撇，似嘲弄般沉寂。

文文见状也是忍无可忍，冲动地指着她说："你厉害，单枪匹马勇闯虎穴，我们当然不如你，你简直就是巾帼不让须眉，让我好生钦佩啊！还以为你那么好心救我们呢？是不是还有别的目的？是不是我们还有利用价值？所以你才舍不得我们死？你真正想救的人是海盗成员吧！不过我告诉你，我们不会再上你的当，正所谓富贵不能淫，威武不能屈，你想硬来，没用！我们不吃那一套。"

"对，你滚开！我们不想再看见你，永远不想看见你，太可怕！你都带给我们什么了？这一辈子我都没有经历那么可怕的囚禁，那么可怕的折磨，身体加心理的双重打击。有本事你也让魔鬼酋长在你脸上跳匕首舞。"想起这些，安琪就不寒而栗，无法释怀，说出的话也是咬牙切齿，痛恨到极点。

淘淘沉默，静静地看着琥珀，如果说他不疼不痒那是不可能的。此时的琥珀就像一把双刃剑，不管哪一面都会伤人，比刺猬还会竖起锋芒

的利刺，这是在保护自己，我们真的连累她了？所以才让她气急败坏找我们晦气，不让我们跟着她？还是……

不对！她怎么知道我们在这里？她的态度是不是有点太恶劣，甚至是刻意，什么原因会让她如此？或许自己多疑了，或许自己太单纯了，她真的就是这样的人，就像文文说的，真的是这样？

他不由把目光从琥珀的脸上移开，仔细审视她的身体，耀眼的容颜下是清瘦的身型，她瘦了！衣裳有几十处开裂，却不减她的美，反而更衬托出她的刚毅。原来她身上还有一种顽强，这让淘淘再次颇为震惊，从来没看过她还有这一面。昨晚逃跑太过匆忙，她的身影只是惊鸿一瞥，当时就让他有一种强烈的感觉，感觉她好像不一样了，身上透出不让男儿的坚强、无畏、果敢、智慧。

到底哪一个才是真正的她？海盗船上以折磨人为乐的魔鬼女孩？还是现在这个气势凌人，处处挖苦人，甚至自高自大的形象？或是昨晚那个堪称巾帼英雄的果敢女孩？

他脸上挂着的冰冷稍微松懈，只是露出朗朗笑声："你还是一个人吗？"

淘淘的笑令两个女生摸不着头脑，却让琥珀强作精神的脸色有一秒失神，眼中透出一抹疲倦，但她很快掩饰掉，演戏可是她的专长。

"哼！自作聪明！下场还没尝够吗？"她的脸上露出蔑视的笑容。

两个女生的火气又被挑拨起来。安琪对淘淘指责道："你这个笨蛋，你还相信她吗？别再为她找理由开罪了！她会害死我们的！"

文文则走到琥珀面前站定，很不客气地打量她，"我们和你不是一类人，所以请你离开我们的视线范围，从此以后陌路一条，彼此永远视而不见，我们不会再妨碍你，你也休想让我们添堵。"

如此决绝的话确实伤人，琥珀心里划过一颗伤心的流星，脸上仍然镇定自若，她在心里苦笑，这就是她要的结果，她不想再连累他们了，她不想再欠他们了，特别是淘淘。接下去会有一场轰轰烈烈的夺宝大战……

"淘淘，你也说句话呀，不要再执迷不悟了，你这次看错人了，她就是个魔鬼，你睁大眼睛看看。"安琪见淘淘有些萎靡不振，像一片枯黄败落的枫叶，刚才明明还鲜活得如火如荼，如火红的枫叶那般明亮。

"没什么好说的！"淘淘确实不知道说什么，他扭过头不去看任何人，眼里装满了汪洋，心中却似苦海，自作聪明是吗？原来自己在她心中狗屁都不是！也罢，就这样吧，彼此陌路，似乎是最好的选择。

"也好。"琥珀转身大步迈去，琥珀色的眸中顿时溢出钻石般闪亮的泪珠，一颗颗砸在胸前，仿佛穿透了胸口，砸进心脏。为什么要这么伤心？再见亦是泪，刚建立的友谊就这样被她亲手捏死，不留一丝气息，似乎很痛——心痛如绞！原来她也是个凡人，她也需要朋友，他们把她当朋友，让她懂得了什么是友情，拥有时却不以为然，失去时方知珍贵，她如此糟蹋纯洁神圣的友情是不是很笨很可笑？

嘴角又勾起失意、自嘲的笑。昨晚她也是险象环生，如果不是有人暗中相助，恐怕她活不过一夜，至于那个神秘人是谁，连她都没有机会看清。她逃跑时，又经历一段攀岩，看清了那个祭台所处地理环境，环海而立的独角，看形势三个小伙伴只能跳海逃生，想从岩洞找出口很难，几乎没有生存的希望，土著人全都在岩洞里。这个推断，让她一逃出去就去海岸线上寻人，当然，寻人前她去看望了父亲。虎克船长在休养，暂时没事，于是她带上红袋鼠出发了。

经过一夜的寻觅，尽管她又困又累又饿，身心疲惫体力不支，心中的愧疚，心中的希望让她坚定信念：一定要找到他们，哪怕是他们的尸体。

看到他们笑颜如阳光般灿烂，明艳动人，她的心在那一刻仿佛放下了千斤重担，轻松得双脚虚浮，不过更多的是累、困、饿的缘故，她把

小岛惊魂之海盗公主传奇

红袋鼠隐在林中，独自走出。

"袋袋——"

她的声音听起来虚无缥缈，脚步开始摇晃，几乎要虚脱了，连思维都变得无法集中。

"袋袋——"

树木间蹿出一只火红的袋鼠，它体贴地依偎到主人身上。

琥珀靠着它，伸出柔弱的手臂抱住袋鼠高大的身体，力不从心地说："如果没有你，我该怎么办？袋袋！爸爸心中只有宝藏，我知道，所以我心中也只能有宝藏，我要帮爸爸夺得宝藏，你要帮我，帮爸爸。"

红袋鼠似乎听懂了，更像是与琥珀心有灵犀，目光里透着温暖。

"我就知道你最好了。"琥珀用柔嫩的脸蛋不住地蹭着它的皮毛，撒娇的口气显得那么依赖，更像是倾诉和信任，"去爸爸那吧。"

说完，她的身体一软，整个儿倒在杂草间。露珠打落在她脸上，像一颗颗泪珠洗涤她的心灵，陪伴着她脸上残留的泪花在细碎的阳光下盈盈闪亮，衬得她的脸似梦似幻，仿佛不太真实，仿佛一阵风就可以把这个美丽的朦胧吹得支离破碎，甚至不留一点痕迹。

火红的大袋鼠携起主人，一蹦一跳朝那遥远的西方行去，越来越远，恍如太阳从天边划落，化做一团红在林间神游，与人间的精灵嬉戏。

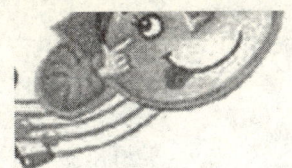
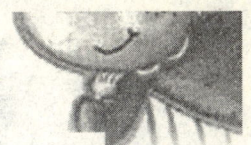

12 两军对垒

烈日当头,晒得人头晕。

惊涛拍岸却挡不了人心,也挡不住海里驰骋的海豚,黝黑发亮的背脊探出海面,阳光洒在它们身上仿佛是一层亮晶晶的银子。一只只,一群群,像水池里嬉戏的孩童,可爱、美好得令人无限向往,无限遐想。

这道亮丽的风景,形势壮阔的海豚群差点晃花了琥珀的眼瞳,眼里仿佛藏进了无数颗闪烁不定的星星。海风里卷卷发丝向天高飞,又似一只只粉蝶扑扇着迷人的羽翼向往蓝天,与阳光共舞,与暖暖的、不时渗着凛冽气息的海风结伴。

"爸爸,你在哪儿?"声音很轻很轻,细不可闻,无奈、担忧中透出坚定,"宝藏吗?我一定助你手到擒来,说不定这是最后一次看海呢?"

她握紧一把长长的尖刀,这是爸爸留下的。摸进藏身的岩洞,里面空无一人,爸爸不知道哪里去了,直觉告诉她爸爸去找土著人要藏宝图了。爸爸骨子里十分要强,更不肯认输,决定了一件事也不会轻言放

121

弃。她佩服爸爸像无坚不摧的钢刀，钢刀在伤人的同时，本身也沾染了血腥，这种血腥让父亲变得更加冷血，更加强硬。

这次他会如何报复土著人呢？他又会做什么事情去血洗耻辱呢？

转身之际，撞上那对滴溜溜乱转的俏皮眼睛，看得她心神安定，鼓足了勇气，平添了信念，曾经爸爸对她说：你是海的女儿，生亦为海，死亦为海……

她伸手轻抚这团火红，袋鼠乖巧地挺立在风中，任她用各种眼光瞧它，她眼中带出更多积极的情绪，柔暖的明媚。

"有时候你真像妈妈，好温暖，对吗？袋袋。"

清亮的嗓音躲进了红袋鼠的育儿袋，她钻进袋里，十分贪恋它的温暖，如母亲慈爱的怀抱，每待一刻都能让她感受到幸福。

"我是海的女儿，我怕谁！大海啊！请给我力量吧——"

那一声声激昂嘹亮的宣告，伴着一团火红飞跃于岛上，穿梭在五彩缤纷的世界里。

没有硝烟的战场有时候更血腥，更恐怖。

与虎克船长相遇时，琥珀见到了神往中的强者，一夫当关万夫莫开，这难道就是形容爸爸的？

不少土著人已经倒在家门口一动不动，不知道死了没有，有的土著人瘫在地上抽搐，有的口吐白沫，有的狼狈逃离，总之什么惨状都有。

不过土著人人数众多，一拨倒下去另一拨很快补上，很有英勇抗战的精神。

土著人对面，大约百米处是虎克船长这队人。琥珀算是立了大功，因为船员们都逃出来了。

此时是两军对垒，虎克船长这队伍有十五人左右，个个斗志昂扬，简直就是魔鬼精神。土著人守在家门口，似乎在等待时机进攻。

看来虎克船长偷袭成功了,以至于敌人措手不及,没有把握住要领,几乎乱了阵脚。

虎克船长长身挺立,深刻的五官在众人中格外显眼,时时刻刻散发出暴戾、愤恨、勇猛的强烈情绪,感染了周围一群人,船员们一个个就像上战场的士兵,无畏而英勇。

虽然他们都是伤痕累累,却不减拼命的气势。

聪明的虎克船长傍在竹林边,竹地里有用不尽的石头,大大小小,形状各异。他们用来当"炮弹"使,竹子就是最好的"投石机",竹子的韧性被海盗们充分发挥、利用,两两相接,使其弯成弓,配上一堆石头,砍断设置好的发射藤绳,石头就变成致命的攻击利器。

加上从岩洞拿回的武器,他们占尽天时、地利、人和。更重要的是如果他们不尽力,便是死路一条,所以宁可豁出命来搏击,也不要让土著人逮住。土著人太可怕了,他们早尝尽了苦头,对土著人恨之入骨,恨不得能吞食了土著人的血肉,连骨头都不剩也没问题。

制造攻击陷阱,虎克船长也会,甚至比土著人还高明,他不时诱敌,屡试不爽,千奇百怪的招数无所不用其极。

甚至你能看到他用了《孙子兵法》中的招数,如瓮中捉鳖法、欲擒故纵法、置死地而后生法、声东击西法等。

原来他带来的小鬼们也不是吃素的,只是长相看似傻帽而已,每个水手、大副、助手都是他网罗各地的精英,他们对船长忠心耿耿。因为船长是个大方之人,给了他们不少好处,这次寻宝,船长承诺的好处也是十分诱人的。但是没有人知道船长也是个极度贪心之人,得到宝藏后,他是否会过河拆桥就难说了。

他雇佣少年,是因为少年的心智都不深,容易看透,更好把握,而大人的心如海底针,他才不会冒险,大人的心最难看透,如他自己,有

时候他连自己都看不透。

大力士那健硕的身体在人群中英姿勃发,有点鹤立鸡群的味道,毕竟他长得太高了。他拉弓的架势实在太潇洒,一上就是五支箭,支支箭势如破竹,命中不少当前锋的土著人。

琥珀远远观望,有点迷糊,不过也只是一小会儿,记得大力士没有被土著人抓获,他在陷阱下来时逃得及时,后来一直没见到他,现在竟和大伙儿在一起战斗,看他身上也有伤,一只腿有点瘸,扎了好几圈衣料,布满了血点。

难道他逃跑时又中了陷阱?然后一直在养伤,直到有幸碰到大伙儿,并加入战斗?

猜测很快得到证实,虎克船长见到女儿时兴奋异常,其他人也是士气高涨,大力士爽朗地回应她,一脸的憨态可掬。

土著那方人没再盲目进攻,酋长终于出来了。他踏出岩洞,迈上高处,俯瞰船长他们,眼神仿佛装满了汹涌波涛,几欲喷薄欲出,夹着浓浓的仇恨,刺得船长他们一队人浑身战栗了一下。

虎克船长他们也用恶毒的眼光瞪着酋长,如果眼光可以杀人,恐怕酋长要被杀死个千百回了。

强烈的不安压迫着琥珀的心脏,酋长这副模样如血煞修罗,杀人不眨眼的冷血刽子手。

"把藏宝图交出来!"虎克船长大吼一声,气势不小。

酋长一挥手,土著人暂停了攻击,一个个如机器人般直直挺立。

船长这队人也收了手,得到休息,也得到缓解情绪的机会。

空气中弥漫着血腥味,湿气中飘腾着令人窒息的紧迫感,危险的信号如鸣钟,一声一声敲打在每个人集中的思绪上,撞得人心脏"扑通扑通"直跳。

杀气袭人的沙哑声破空而出:"藏宝图?什么东西?"酋长臂上的枪伤缠了藤绳,配了不知名的草药,他脸色有些阴晴不定,发青的成分明显。

"装蒜!把他们都干掉,兄弟们!"虎克船长举高大刀,叫得震天响。

肃杀之气腾空而起,瞬间感染每一个人,仿佛杀红眼的战士看到漫天飞沙走石,暴怒之声此起彼伏。

琥珀却惊了,敌人竟然没人动弹,如强韧的竹竿立在酋长周围。

这种不正常的举动也让虎克船长这伙人摸不着头脑,惊讶时,酋长举起一只红色号角,角尖伸进嘴巴。

午后的阳光炙烧烤着大地,耀眼的白光射在号角上,染出一层层更加夺目的赤红。

怪异的音符穿透人心,穿透空气,穿透密林,穿透阳光,传向远方,抵达不为人知的角落。

这道催命符多像魔鬼的叫声,能让人身心恐惧,似乎有一根根细针从黑暗中飞来,让你身中数针,防不胜防。这种身陷死亡的恐怖感一波强过一波,越来越真实,无法让人忽视,连周围的动静都变得诡异。

每个人都像石像般驻足,连土著人的表情都发生了异样的变化,惨白得如一张宣纸。

琥珀紧挨着红袋鼠,她强烈感觉到袋鼠的身体在颤抖,目光散乱,非常害怕的样子。

一种"山雨欲来风满楼"的危险感应迅速蔓延,直到远方传来十几声吓人的吼叫,草木皆兵的尴尬现象瞬时升级,那是什么叫声?像幽深的海洋里探出一只怪兽发出吃人的吼声,深深刻入每个人的耳膜,颤得每个人眼神慌乱,几欲奔逃。

形势翻江倒海,近在眼前,近得每个人的眼睛瞪得很大,蜡黄的脸恍若下了一层霜——白森森。

琥珀紧紧抱住红袋鼠,眼中呈现的事物让她震惊了。不,不光是她,每个人都被震慑住,包括每一个毛孔,愈加升级的恐惧分子终于暴发出来。

滚滚白尘被空气和大风稀释,这一刻周围都静谧下来,阳光再热已经不能感到任何温度。人类的心却瞬间冷却,连流出的汗水都让他们感到冰寒彻骨,因为整个人有如身陷北极冰天雪地,怎么也找不到出路。

一只只庞然大物如大象那般高大,披着金黄鳞片,形似蜈蚣,只是密密的长腿如马蹄,它们头顶长有几十根触角,发出刀锋般的锋芒、锐利无比。

酋长称这些怪物为麒麟兽,连他都会心惊胆战的麒麟兽,那只红色号角埋在一处洼地里,他是无意间得手。

号角作为召唤物,只要吹响了,麒麟兽便会出现,协助手持号角的主人杀敌。

麒麟兽有十只,因为脚太多,所以声势浩大,震得所有动物不敢出声,全部吓哑了,更不敢靠近。

琥珀盯着每一只麒麟兽,盯着它们淌出恶心的黄色口水,滴在泥土里、草堆里。

完了!她下意识地想,一种世界末日的消极情感堵住心口,第一次知道什么是怪物,她不会是最后一次知道吧?

这到底是什么岛?

13 将计就计

万物似乎一下子寂静无声，静得让人质疑时空是否停止运转，只是阳光依旧，大风凭空消失，连空中盘旋的海鸥也不知所踪。

三个小伙伴有些茫然，站在一片高低不平的枫叶林里，这种奇异的现象，让他们思维有一瞬的空白，可是心底却在拼命地冒着寒气。

不知僵愣了多久，一切又恢复正常，鸟鸣、虫叫、浪涛、习风、兽声等大自然的进行曲回来了。恍惚间，他们还以为刚才发生的事是错觉，三个人面面相觑，如傻瓜掉落羊圈，有种被耍的感觉，照这种情况，不可能不发生点事……

从沉思中回过神来，文文目光不住向四向打量。

安琪不假思索脱口而出："管他呢，我们先造只小船到海上探探路，不要管别人了，这座小岛太危险了，我再也不想多停留片刻。在我眼里这里是地狱，我可不想碰上阎王手下的小鬼。"

淘淘点点头，并不反对安琪的说法，这个提议之前就商量好了，心中却一直堵得慌，他想到了琥珀，难道——

"快点，别傻站着呀！"安琪拔腿前奔，寻找木材造船。

文文注视了淘淘好一阵子,轻轻叹一口气,转身而去,陪在安琪身边。她知道淘淘不可能这么快放下琥珀不想,他的感情太丰富了,应该是固执得令人无奈。

啊——

一声惊叫打破这份平和的自然气息,另一声惊叫似乎哽在喉咙里没来得及发出来。

淘淘的思路停滞,目光打战,眼睛越睁越大,两个女生中陷阱了!

那是个土坑,深三米,直径一米半。她们踩了个空,身体失去重心,摔下去时脚踝差点崴了,有些浮肿。

淘淘一颗心也跟着她们下落,反应过来时,人也到了土坑旁,瞧见土坑里没有致命的武器、药物或设置,他这才松一口气。

"你们怎么样?我马上救你们上来。"焦灼之情写满他的脸色。

两个女生心慌气短,扶正彼此,抬头仰视淘淘,紧皱的眉宇慢慢舒缓,脸蛋还是煞白。

"没事,一点小伤。"文文赶忙说。

淘淘取下肩上扛着的一捆藤绳,这是用来造船准备的,现在刚好派上用场。

用藤绳拉出安琪,再次放绳时,他慌了,耳畔飘来一串细细的低语声。

"好像有人朝这里来了。"

是安琪的声音,似乎比他更慌乱。

"怎么了?"文文在下面听不见,看面色她也能猜出几分。

"先躲起来!"淘淘说得斩钉截铁,神色镇定不少,"文文,你别急,我们会看情形救你。"

两个人刚藏好位置,陷阱旁就蹿出两个土著人,长相还是那么恐怖,动作还是那么粗鲁,依然说着文明人类听不懂的鸟语。只是身上有不少伤痕，鲜血还未凝固，身上画的图腾混淆了伤痕和血色，看起来没那么狼狈，倒是狰狞了许多。

文文目光惊恐，瑟缩着身体，她真的害怕。

两个土著人用藤绳编织的网把文文捞出来，拽着她，径直朝一个方向行去。

安琪面如菜色，一个起身，准备跟上去，害怕并不能阻止她救好朋友的心。

淘淘立即拉她蹲下去："等等，土坑旁留有我们的脚印。"

"啊"字差点叫出口，淘淘及时捂住她的嘴，把沉重的呼吸压下去。

安琪瞪大眼睛看到，两个土著人正猛地回头望，警觉性相当高，手握大刀举在前面，或者晃到身后。刀柄红光四溢，那不是血渍是什么？刀锋在阳光下发出嗜血的森寒。

吓得文文以为土著人要杀她，四肢不由自主打寒战。

刚才好险，差一点就被发现，安琪暗中舒一口气，还是淘淘机警。

"看来这两个土著人并不笨，想偷袭他们已经不行了。"淘淘一直盯着土著人，他们走得好慢，而且不再回头了，彼此在嘀咕什么，方向也拐了，朝一处更密集的树木走去。文文跟在他们身后显得很安静，她也只能安静，总不得一哭二闹三上吊吧，土著人可不是你亲爹，惹恼他们就没有好果子吃。

淘淘仍不动，安琪急了，"怎么不跟？一会儿他们要不见了！"

"走！"淘淘拉起她。

两人小心翼翼跟过去。安琪只注意土著人和文文的步伐，淘淘却注意起周围环境，他观察到不少动物脚印，以及动物粪便，某几棵树杆上有剐蹭的缺口。

显然这里经常有动物出没。

心中有数后，淘淘也把注意力集中在土著人身上，不时会对安琪耳语，这些话令安琪心惊肉胆：

"土著人身上的伤说明曾经有一场惨烈的大战，不管和谁战，战役结果是土著人赢了，否则他们不会有心情出来查看陷阱。岛上能跟土著人作对的应该只有虎克船长他们，所以——恐怕琥珀……"他有点于心不忍，即使是推测也不想开那样的口，"希望她安全。"

"琥珀他们疯了，土著人那么好对付吗？送死还差不多。"安琪说。

"当然不好对付，能让他们疯狂的恐怕是藏宝图，船长的目的就是找宝藏，否则来这座诡异的孤岛干什么？依船长的个性，他不会无功而返。"淘淘的思路清明，理智。

"一会儿就有好戏看了，"他凝视前方行路的土著人，突然嘴角勾起一抹笑，"将计就计！"

"什么？"安琪一脸不知所云的样子。

"你不觉得这两个土著人走路太过小心了，而且还改变了方向，也不防范我们了，只顾走路，连头也不回了。"他瞥一眼安琪。

"你是说——他们准备——"

"走！"他扯一下她的衣角，用了一个饱含深意的眼神看她一眼，猫步离去。

"不愧是侦探头脑！"安琪已经会意，小嘴扯出一点淡笑。

土著人押着文文默然前行，走到一块泥水地，他们顿了一下，迈脚踏上去，泥水溅得到处都是，走得真急。

文文紧挨着他们的脚步走，眉头紧锁，鞋子、裤脚都脏了，她只是淡淡看着，神色复杂难辨，似乎有较多焦虑成分。

不远处的人也停顿脚步，目光深思熟虑。

"虽然那是泥水，但动物不介意泥巴，所以会去饮水，那么最好的陷阱设在水源地周边是个好主意。"淘淘说，手上不知什么时候多了两截长长的树枝,"你在这里等着,等我用树枝敲到陷阱,你就把藤绳抛给我。"

"你怎么知道陷阱可以敲出来?"安琪对没把握的事情必须问清楚,否则心难安。

"你没看见泥水地周围那么多动物脚印吗?既然是用脚,那么只有接触地面才会中陷阱,也就是说设计地面陷阱省时省力又好用。再说了土著人连刀都没有,还是从船长那里缴获的,说明技术十分落后,高明的陷阱他们弄不出来,否则我们还能活着?早就上西天取经了。"他说得很快,说得很轻,"如果我没猜错的话,他们想抓活的。自从进了这片林子,这两个土著人老是拐来拐去……根据观察,我这才明白这里的陷阱非常多,空中的,地上的,起码几十个。他们绕过那些陷阱,可能那些陷阱是致命的,他们在引我们掉入那种安全陷阱,比如土坑一类,目的再明显不过了,祭祀还会继续,他们认出了文文就是当时的祭品。你和文文中的陷阱旁不是有我们的脚印吗?本来他们就是辨认脚印的高手,野人就是从各种脚印和粪便判断动物的行踪,所以我们有几个人他们也能判断出来,这就是我将计就计的原因。"

安琪刚刚还忍不住窃笑,听到后来,心底掀起了惊涛骇浪,眼神都呆了,喘了一口气才说:"还要祭我们?"

"等一下,假装我们中了陷阱,然后给他们一个大胆的突袭。"淘淘拍拍她,表示安慰:不要紧张。

"还不快去,他们都走远了!"安琪差点急得大叫。

"就是要让他们走远些,否则我怎么光明正大去探陷阱?"淘淘说,一个漂亮转身,步伐迈得坚决。

"真有你的。"安琪说,隐隐有不安仍缠绕在心头,直觉告诉她有什么东西在盯着他们。

她猛然间一个回头,身后绿树成荫,鸟啼清脆,树影重叠,阳光普

照，热风一波一波荡漾过来。

难道是错觉？她抹掉额头冒出的冷汗，调整好心态，把视线集中到淘淘身上。

淘淘敲出一个很大的陷阱，确实是土坑陷阱。

接到安琪扔来的藤绳，他开始布置自己的陷阱。把藤绳直直放土坑旁，用泥巴盖住，两端伸向草丛，形成一条直线，横在土坑旁，这是最简单的绊倒伎俩，目的是要让土著人自己掉进陷阱，自尝苦果。

然后他往土坑里扔石头，外套扔进坑里，让外套盖住石头，盖不住的地方全散上树叶，看样子就很像有人趴在坑里动弹不得。

一切准备完毕，土著人和文文也不见了身影。

两声冲天的凄厉惨叫划过空气，惊走了飞禽走兽，林中激起了不少声响。

纷繁杂乱的树影中，两个土著人冲出来，目光如炬直直盯着土坑。

刚站立在土坑边要看个清楚时，脚步突然一个趔趄，面向土坑，一头栽下去，随即是两声粗犷的惨叫。

"耶！成功了！胜利了！"安琪从土坑附近跳出来，欣喜雀跃的表情。

淘淘拍拍手，走到土坑边观望，一脸的好笑，"看来撞到石头了，都晕了吧。"

"文文呢？"安琪向四周望去，"文文——"

14 那个少年

"我在这里！"远方传来呼喊声。

淘淘和安琪前去解救时，才发现文文被绑在树上，看来两个土著人是提防她跑掉才把她绑起来的。

文文松了绑，浑身酸痛不已，她双手揉捏被勒得发疼的皮肤，气色非常差，还没有恢复过来，语气有种劫后余生的无力感："还以为你们出事了，险些让我担心掉半条命。"

"别忘了淘淘是侦探，有他在，怕什么，他不是叫你别急嘛？看你吓得。"安琪伸手理理文文杂乱的头发，一脸调侃状。

文文朝淘淘露出一个惨淡的笑容，"我当然担心了，担心你们中计，呵呵，白操心了。"

"反应真快，好像就我傻乎乎的。"安琪的表情转入委屈。

"你那是傻得可爱，我和淘淘就没你可爱喽。"文文反过来安慰她。

淘淘看看她们笑意盈盈的眼睛，又看看生机盎然、绿树掩映的树林环境，半晌才开口道："原路返回。"

小岛惊魂之海盗公主传奇

"嗯,这里太危险,到别处去找造船材料。"文文欣然同意。

安琪也觉察出淘淘一直闷闷不乐,十分不快地说:"还是忘了她吧,她比我们强多了,你操心什么?"

"走吧。"淘淘有点苦涩的口吻。

三个小伙伴耳听八方眼观六路,步步为营,小心地走出这片危险地域。

行至一片红色地土,三个人的眼睛忽然放亮,他们看到一块石头上居然放着一卷皮革。

"藏宝图!"

淘淘最先叫起来,琥珀让他看过一眼,当时她是为了炫耀。

"不会吧?"

两个女生嘴上这样说,身体早就蹿上去。

淘淘摊开皮革,十分肯定地说:"的确是藏宝图!"

"怎么会在这里?"文文奇怪。

"我们去寻宝吧!"安琪满眼冒金光,仿佛眼前看到的不是藏宝图,而是满地金银珠宝。

"先造船。"淘淘收起藏宝图,再次陷入沉思。

"小船是逃不了的,为何不找宝藏?"安琪不依不饶地说,骨子里对宝藏没有任何抵抗力。

"这种天降横财不要也罢,更何况寻宝没那么容易,还要应付各种危险,哪里吃得消?万一死掉了怎么办?你要钱不要命呀?"文文有时真佩服安琪的精神,现实主义啊!那么爱钱。

"可是……钱也很重要,没钱寸步难行。"安琪极力反驳。

"我们现在不是没钱吗？不是照样行了这么长的路。"文文夸张地比划了整座岛。

"什么嘛？这里是蛮荒之地好不好？难道你不回文明社会了？"安琪脑子里还装着一些幻想，比如有大量的金钱，她要买这又买那，仿佛那么多好东西已经一件一件飞进了口袋，飞进了自己的小房间。

无奈，淘淘弹了她脑瓜一下，他以恨铁不成钢的"恼怒"样说："命没了，钱再多有什么用，难不成你要在地狱里贿赂阎王，好让你进天堂？"

文文捂住嘴直笑。安琪抚摸着脑袋瓜，疼得眉头揪成一条线，"敲木鱼啊！很疼耶！"

"疼就哭出来呗，我可不怕你掉眼泪。"淘淘越说越起劲，好久没和安琪斗嘴了，这种感觉真不错。

"可恶！"安琪也不示弱，语不惊人也要羞死人，"别以为我不知道，你为了救琥珀，被蜜蜂蜇得体无完肤时，嘿嘿，你可是疼得失禁了，你尿裤子了！"

这下子，文文更是乐得前俯后仰，止不住哈哈大笑。

安琪扯高嗓子，哈笑三声，然后继续窃笑。

淘淘满脸涨得通红，仿佛可以挤出血来，眼中也不知是羞是怒，"你哪只眼看到我尿裤子了，那天不是下过雨嘛，可能坐到湿地上了。我怎么可能尿裤子？那种事早在八百年前就停止了。"

"八百年前？你这个老妖怪！还是个会尿裤子的老妖怪！"安琪的笑声充盈着周身，感染了文文，气坏了淘淘。

他们越走越远，天边是火红的夕阳，身后的树荫下一团黑影蠕动，

一个神秘的少年缓缓走到烟霞笼罩的红光里，有一种燃烧的质感在他身上散发。

他看起来很黑，却有一两处绽放出白里透红的好肤色，目光收缩，回到自己身上，他掏出一包炭粉，抓了一把，继续把白皮肤涂上黑色，越抹越黑，他脸上的笑意却越来越浓。他的五官那般俊美，天生的灵气从灿烂如星的蓝眸中泛出，智慧之光也从这双引人注目的蓝眸里扬起、纷飞，周围的一切似乎为之失色，连黑炭都掩饰不了那高贵的气质。

阴暗、潮湿、霉味三体结合造就的环境就足够让人受罪，空气里多了一种腥味，铺天盖地灌入琥珀的感官，其中少不了人体的汗臭味，她的胃开始翻腾，作呕感从肠道窜到喉间。

她干咳了几下，抑制住想吐的冲动。挣扎了一番，爬起来察看四周，意料之中，她再次下狱了，这次的监牢更加像监牢，恶劣的空气，糟糕的环境，总之不是人待的地方。

这里纯粹就是个潮气满天飞的洞穴，什么都没有，除了漆黑的岩石，上不见天，下不见一个出口，完全封闭，仿佛被罩在一个不大不小的锅里，只有任人鱼肉的份儿，如果被烹的话也只能认了。

琥珀没有悲观绝望，借着弱光，也许是月光，勉强看清形势，全体成员都在这里，包括她的红袋鼠。

红袋鼠在酣睡，它真的累了，这几天它都没有好好休息过，没想到能休息的时候还是被逮的尴尬境地。它才不管这些，只要主人在身边，它就能安睡。

"真是简单的动物，也是可爱的动物。"琥珀轻抚两下红袋鼠的脑袋。

耳朵里钻进的声音还有沉重的呼吸声，每个人以不同坐姿呈现，因为太黑看不清他们表情，恐怕是凄惨的神色，没有人有心情睡觉，死神再次盘旋于头顶，几乎人人都能感觉到。

"爸爸，你在哪里？"琥珀没敢叫大声，不想打破沉默氛围，这种死寂无疑是最好的良药，可以暂时让人整理一下恐慌的心情。

"这里。"虎克船长虚弱的声音。

琥珀挪到他身边，靠在爸爸肩上，低低地说："我们是不是死定了？连出口在哪里都不知道。"

虎克船长直视黑暗，抽了几口气，伤口还疼得厉害，口气却轻描淡写，不愧是勇士，"还有呼吸就不能绝望，没到最后一口气就有希望。"

"知道了，你总是这样说。"琥珀移开脑袋，坐正姿势，似乎想到了什么，她摸摸身上，身上的装备全被拿走了，不禁有些失望。

"爸爸，如果不是那些怪物出现，我们怎么可能不战而败，我知道你肯定不甘心。"她那失望的脸上荡起惧怕、恼怒、烦躁。

"如果知道土著人有这一招杀手锏，我才不会冒险，要冒险也是先偷走号角再攻打他们的堡垒。那个号角是召唤物，要是能得手就能控制土著人，没有一个土著人不害怕那十只怪物，连酋长也一样。"虎克船长可不是白长了那些岁数，察言观色还是会的，是个心思缜密的人。

"怎么能逃跑才是重点，想偷号角吗？我也想。"琥珀跟他想的一样。

"哼，真是有其父必有其女！"

这一句相当讽刺的话语似乎是从缝隙钻进来的，发话的主人不知在哪里，声音略哑，又清新悦耳，有种磁力。

一群人都站了起来，所有人脸上掠过惶惑。琥珀觉得这声音有熟悉

141

感,一时想不起来在哪儿听过,但心情是紧张的,语气不善地叫道:"你是谁?干嘛偷听我们讲话!"

"偷听?好像是我的嗜好。"明朗带着兴奋的声音流淌过来。

琥珀的脑电波被触到,一颗心好似决堤的海水,疯狂翻腾起来,这句话多么熟悉,埋在心底的秘密瞬间破土而出。那个人总是在阳光下用调侃的语调对她说这种话,每次都是神不知鬼不觉地出现,因此她总会说他窃听机密,不会是个特工吧……

心底忽然一痛,好似有一根紧绷的弦断裂开来,低沉略带着痛苦的声音从她嘴里挤出,也带着说不出的疲惫:"是你!"

每个人的气息顿时一滞,特别是虎克船长,有些不明地望向女儿,极力想看清她脸上的表情。可惜黑暗就如一层厚厚的黑纱包裹,根本看不清,甚至看不到,原先的弱光竟消失了,难道月亮被乌云遮挡了?

更加阴郁的空气似乎凝重而深长,抵在每个人的心口,直到那个声音打破死寂。

"三日后见!"短短的语句却似命令,一种强制性的命令,包含了怒、恨、怨。

人人都难保持安静,似乎各有所思,直到监牢外的脚步声离去。

"他是谁?跟我们有仇吗?"虎克船长判断出那个人的声音相当不善,有浓浓的仇恨。

又是一段相当长的静默,大家都在等待琥珀的答案。

琥珀迟疑了好久,感觉嘴里满满都是心酸的味道,吐出的话竟带出了苦涩:"那个少年……米奇罗!"

15 交易

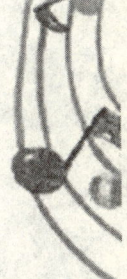

残阳如血，漫射在海岸线上，恍若染血的海水，在波光中上下舞动，偶尔有海豚破水而出，做了一个漂亮的弧线跳跃，扎入海水里激起千层细浪。

对于一个三日不见光亮的人来说，初见夕阳余晖还是相当刺眼，甚至感到刺目的痛。

许久，琥珀才缓过来，她站在山巅，身后是林，眼前是海，又有一群海豚在海上跳舞，璀璨的晚霞把海豚们映照得如梦如幻。

她毅然转过身，瞧向身旁的少年。一直不敢看他，现在却不得不见。那个少年——米奇罗就是几个月前被虎克船长扔进海里的少年，那个她再熟悉不过的少年，那个欺骗她的少年，她真的把他当朋友了，直到扯破真面目她都没敢面对，躲在船舱里，任凭虎克船长发落。

他很帅，一身干净的衣服，一身净白的皮肤，一头金黄的头发，一张精致的脸庞，气宇轩昂，英姿飒爽，灵气十分，魅惑无比。他的眼睛

比金子还晶亮,比日月还无瑕,琥珀称之"此眼只应天上有,人间难得几回见"。

这是一双能夜视的"魔眼",在黑暗中不受限制,一切如有光时所见那般明晰。

她凝视他的眼睛,有一瞬的失神。第一次见到就被他的眼睛深深吸引,他的眼睛纯蓝,如万里无云的蓝天,干净得令人神往。她再次陷入这些莫名的回忆,说出的话却理智分明:"青蛙那件事……引导我出逃的人是你?这次又放我出来,一切都没那么简单吧?"

米奇罗看向琥珀,一双眼睛冷冰冰,带着如天山积雪一般的冷冽寒芒,"原先我只想让你们和土著人两败俱伤,我坐收渔翁之利,哈哈,没想到还有比螳螂捕蝉,黄雀在后的事情更有趣,这世界居然还有幻兽!"

琥珀第一次见到他这种盛气凌人的目光,有些心虚地收回视线,这一刻她似乎明白了,一切的欺骗都是真的,眼前这个人的样子才是真正的他。船上的少年只是一张伪善的面皮,可爱、幽默、调皮都是装出来的,那个少年在岁月中消失了,再也没有了。

像是在缅怀过去,又像是在拔除过去,她把眼光投向遥远的天边,"你变了。"出口后心里突然空了。

米奇罗用一种专注的眼神仔细看她,喃喃低语:"你也变了。"

米奇罗只比琥珀高半个头,年纪比她大一岁,表面看还是个孩子,心思却是大人的智商。三天里他做了很多事,偷走了号角,召唤了麒麟

兽，控制了土著人，把酋长囚禁在只有他一个人知道的地方。他知道酋长是个狠角色，杀死他怕土著人一时接受不了，反而不会乖乖听话，所以用酋长做人质，毕竟土著人以酋长为尊的思想早已根深蒂固，尽管土著人也害怕麒麟兽。

此时，琥珀才注意到他腰间挂着红色号角，移开视线说："你可真有本事！"这话听来更像嘲讽。

"还以为你变了，嘴巴还是得理不饶人，挖苦人的本事没变。"米奇罗像叙旧般侃侃而谈，眼神更冰冷了些，他摸摸号角，"我称它为血号角，十只幻兽应该叫麒麟兽，它们身上的鳞片是金黄色，美中带冷，冷中带寒，势气有些吓人。"

"既然没有阻碍了，怎么不去找宝藏？拉我出来这是为何？"琥珀想不通这一点。

"宝藏肯定要找，但是有一件事和宝藏同样重要。"米奇罗轻轻地苦笑，声音那么轻，带着一丝淡漠却又无奈的豁达。

"什么？在你心里还有比宝藏同等重要的东西？"琥珀继续挖苦他。

"生命！"

琥珀忽然释然，嘴里溢出一声嘲笑，"原来你也知道没命的话，宝藏再多也没用。"

"我不像你们那么傻，居然公然挑战土著人，还是在没摸清对方底细，而且人员不足，身体受伤的情况下，佩服啊！虎克船长真是勇猛，天下还有谁比他更强悍？这种人若死了，我还真不舍呢。"

"你想干什么?"琥珀不由得紧张起来,眼睛死死盯着他。

霞光在米奇罗身上似乎罩出一层火光,他的口气却没有温度,冰冷冷让人颤抖,"你可以让他活。"

琥珀的心一点点沉下去,冷下去,沉得像黑暗裹身,无一丝光亮给她指路,"说!"

"很简单,我要你规劝虎克造船,造一艘能航海的大船,我是没那个本事,但虎克有,我知道。人手不用担心,土著人多得是,把他们当劳力使唤没问题。"米奇罗露出冷血的神情。

"恐怕不止这些吧?"琥珀不再看他。

"别让虎克这个老顽固害死你们一群人,好好造船!"

"你这招双管齐下,是防范突发事件,对吧?"

"当然,"米奇罗吐了一口气,"我想的总是比别人多,不过我不会亲自去找宝藏。"

"什么?难道——你要让我去找?"琥珀心灰意冷,"你害怕宝藏藏在一个危险的地方,所以你不敢试险?拿我当垫背?"

米奇罗也不辩解,轻快地说:"也许吧。你一个人的力量有限,所以我要让你和三个小鬼合作找出宝藏,相信三个臭皮匠顶一个诸葛亮,更何况你和他们加起来有四个人。那个叫淘淘的似乎相当机智,有侦探头脑,希望我的期待不会落空。"

他转身望林子,"没有我亲自监场我可不放心,所以这也是我不能去寻宝的原因。"

"你还害怕别人跑了不成？"琥珀不带感情的口气。

"防患于未然总不会错，何况是虎克船长，他会老实造船吗？有待考察。"米奇罗的脸色冷冷生寒。

"不要折磨我爸爸，这是你我交易的条件。"琥珀看到那张寒冰彻骨的脸，心里起了无数疙瘩。

"如果寻到宝藏，并且造好船，我可以考虑放你们走。"

"难不成利用完就要杀干净吗？"琥珀对着他嘶吼，怒气横生。

"不要跟我作对！"米奇罗狠狠瞪她一眼。

"哪敢——"琥珀别过脸，发现自己快要哭出来，忙用力眨了两下眼，眨去泪光。

米奇罗有一瞬的于心不忍，很快又恢复冷漠，宝藏的光芒淹没了一切的人和事。他爱财，矢志不渝的爱，就像有些人爱权，财在他眼里就是那个至高无上的权。

"不用我教你吧，千万别在我面前耍小聪明，你和三个小鬼的力量不会胜过我。专心找宝，不要试图解救虎克做那些无用功，这是警告，也是命令，你听到没有？"他发出一连串的低吼，像只发狂的狮子。

琥珀背向他，一言不发，任风力撕扯她的发丝，拍打在脸上，有些生疼，却没有心里的痛来得强烈。她真的好怀念那个阳光下的少年，他变得太厉害了，简直就是两个人，她简直怀疑米奇罗有双重人格分裂症。

这番话让她彻底清醒，不再迷糊于过去，认清了现状。

"我被虎克丢进海里,攀在一块浮木上,漂流了十七天,几乎在生命的最后一刻,有人救了我。简直就是个大笑话,我苦苦追寻的藏宝地点,居然就在眼前,我上了这个岛,救命恩人说这座岛叫梦幻岛,传说有幻兽,救命恩人没见过幻兽。他还说他要离开这座岛,他说很思念亲人。我可不想离开,于是我求他给我讲解了岛上的一切事物,包括土著人,以及土著人的洞穴环境,只要能详细地了解我都没放过。土著人的陷阱他也是知无不言,言无不尽,他还特意带我去查看,害怕我不小心中陷阱。他说三十年了,终于见到文明人,他太高兴了,每天滔滔不绝地讲。"

琥珀惊讶地听着。

"说实话他真是个好人,其实他曾经是个海盗,三十年的土著生涯使他磨掉了锐利、狠绝,让他变得平庸,只想追求平凡。"他用陈述句说这些话说得相当轻松。

"我经常跟踪土著人查看陷阱,以防土著人又弄新陷阱我不知道,我可不想被陷阱害死。"所以那天才碰上三个小鬼,这句话他是在心里说的。

"放心,我让你们去寻宝就不会让你们中陷阱,到时候会有一个土著人跟着你们。"他看到琥珀心不在焉,以为她担心陷阱。

"你恨我还有我爸爸,对吧?我没有救你,没有管你,让你命悬一线,对——"琥珀的歉意没有开口就被他斩断了。

"我现在只关心宝藏和出航计划,其他的我不关心,我的脑细胞只能容下宝藏！友情这种东西让它见鬼去吧！"米奇罗说得如此决绝，没有一丝动容的表情。

琥珀眺望西沉的彩霞，心沉得像周围漫漫浸过来的黑暗，"原来那个偷走船的人是你的救命恩人。"这话说得淡而无味。

三十年前，一个叫乔尼的海盗带领他的手下截获了一大批黄金珠宝，装满十二只大箱子。那可是一位国王的珠宝，国王怒派大军在海上搜寻他们。为了躲避，乔尼带领他的兄弟们驾船一直往大海深处航行。雾气飘腾中，他们来到这座小岛上，把珠宝埋在他们认为秘密的地方，还绘制了藏宝图。然后上船，把藏宝图塞进瓶子里，准备离开，等风平浪静后再来取那批珠宝。

谁知，野蛮的土著人早就看不惯他们的行为了，因为他们有枪，一上岛就威胁土著人做这做那。土著人放火烧了他们的船，兄弟们被烧死大半，剩下的也被土著人杀死。混乱中，乔尼船长打死一个土著人，换上他的衣服，装成哑巴，才躲过一劫。

那个装有藏宝图的瓶子落入海水中，开始漂流，一漂就是三十年。

三十年后，虎克船长得到了那个瓶子。

乔尼船长混在土著人当中，战战兢兢地生活，夜夜噩梦，生怕土著人把他认出来杀掉。三十年过去了，当年年轻力壮的乔尼船长如今已是一位白发苍苍的老人。这个时候他已经大彻大悟，其实金钱不算什么，快乐地生活、自由、亲情才是最重要的。这位白发苍苍的老人日夜思念他的妻子孩子，他多渴望能见他们一面啊。虎克船长带领一批人前来寻

宝，让白发老人大喜过望，没有什么犹豫，他偷偷驾驶虎克船长的空船永远离开了这里。

"原来是这样，乔尼居然没有告诉你藏宝地点。"黑暗中传出一声叹息，继而声音带着浓浓的亲情，"爸爸，你何时才会有乔尼的觉悟，难道也要等到三十年后？还是孤身一人时？"

16 聚首

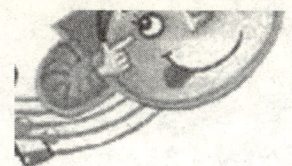

蒙蒙细雨在岛上飞扬，万物笼罩在若有若无的水雾里，迷蒙了人的眼，看不清远方。只有近在咫尺的景物在细雨的滋润下，愈发清新可人，招人怜爱。

她的出现耐人寻味，从水雾里闯出来，浑身湿漉漉，但不狼狈，雨水洗去了她的疲惫、无奈和纷扰，一路上心思都处于乱战中，行程不长，可她却像是挣扎了一个世纪那么久。

站在湿腾腾的海滩上，面对那许久未见的三人，虽然只有几天，在她看来却好似过去了很久。如果时间可以抚平伤口，她希望他们已经痊愈。

三个小伙伴看起来很落魄，一个个好似从水里捞出来，凄楚的脸蛋在这一刻转化出好几种不可思议的表情。

琥珀就像一个出尘的仙子，漂亮的眸子依然明亮、脱俗，水雾都掩

盖不了她的光华。

他们错愕她的到来，更加令他们震惊的是她身后还站着一个人，那个人那么丑，和她形成鲜明的对比，无法不让人注目、疑惑。

前一刻他们还在海中沉浮，狼狈上岸。小船是造好了，但是出海没多远就被一个浪打败了，一点儿都经不起考验。

现在他们脑袋瓜里只有一个疑问：琥珀怎么和土著人在一起？

行完注目礼，接下来是一阵无语。

雨丝被风扯乱，在他们眼前好像扯出了千丝万缕，斩不断理还乱。

淘淘看她看得出神，像是在凝望着一个遥远的灯塔，心思也跟着飘远了。

"你来干什么？"文文一句话挑明了说。

琥珀脸色有点苍白，一时竟无言以对。

安琪则拽起淘淘的手往一边走，文文见状也跟着他们离开。

"等等。"琥珀看着他们，脚步没有迈出半点，依然站得笔直，只是在三个小伙伴回转身时，她低下了头，神色被发丝掩盖，那是惭愧吗？

"有什么话就快说。"安琪一点儿都不给她面子，一脸的坏脾气。

雨水顺着琥珀的脸蛋滴落，看起来就像落下了泪珠，湿了面伤了心，她再次昂起头，暗光从眼睛里消失，淡淡的眸光比发丝上凝结的水珠更富神采。

"藏宝图呢？"她的语气淡淡的。

"你想要就给你，我们才不稀罕呢。"文文说话时，一把拽下卡在淘淘腰上的藏宝图，愤愤地扔给琥珀。

藏宝图掉落在琥珀脚下，她没有马上捡，说了一句话：

"你们没地方去吧，不如我们去找宝藏吧？"

三个小伙伴同时一愣，不明所以的相互观望、揣测。

"土著人逼你寻宝吗？"淘淘瞥一眼矮小却精壮的土著人，看他样子力气应该不小吧。

"去吗？"这话说得有点恳求的意味。

三个小伙伴还以为他们听错了，琥珀会用这种语气说话吗？除了那次为了救父亲而向酋长低声下气。

惯常的思维是，琥珀冷着脸呵斥："去不去！"好像这样才符合她的形象……文文在思维跳跃了一阵后，怒意有增无减："你又想利用我们寻宝吗？"

听了文文的话，安琪恍然道："我们不会跟着骗子去寻宝，你死了这条心吧！"

琥珀还是站在原地，眼睛里似乎升腾起水雾，她眨了眨眼，才看清了两个女生鄙视的表情，唯一不变的人是淘淘。他的目光虽然波澜不惊，但没有一丝一毫的轻视、厌恶、憎恨。

终于，她迈出了步伐，一步一个脚印，一直延伸到淘淘跟前，话还

小岛惊魂之海盗公主传奇

没出口,两个女生就提醒淘淘:"不要心软,她在演戏!她又想骗我们替她干活!"

"你相信我吗?"琥珀单刀直入的话令淘淘震了一下。

他认真地盯着她,那张看似纯洁的脸比以前少了锐气,添了柔光,泛着温和气息,这是一种什么心态,他有点看不透了。淘淘说的话也很认真:

"如果寻宝可以帮到你,我做。"

"淘淘,你疯啦!"两个女生出语训斥,恼怒不已。

淘淘不看她们,只看着琥珀那一脸无害的表情,"不管出于什么原因,结果又会如何,我都可以接受,我想你受的苦并不比我们少。"他扫视她身上大大小小的伤口。

琥珀明显一怔,压抑已久的委屈像开了闸的洪水,泛滥在心头,接着鼻子一酸,透亮的泪珠凝结在眼底,一颗颗溢出眼眶,滴落下去。那种心灵震撼让她久久不能平息,他那浓浓的关心,不计前嫌的博大情怀,理解她心声的言语,真的感动了她。

两个女生只要长了眼就能瞧见琥珀的感动,瞧见琥珀那真情流露的眼泪,刹那间她们只有语塞。

淘淘微笑,脸上的笑容像永远不会疲倦的月光一样,温柔而满足,带着一份宁静,瞬间打开琥珀心灵的窗户,洒下了片片光辉,又似春风拂去了她多日以来的阴霾,种一株叫"友情"的果树。

连日来的担惊受怕，力不从心的心酸和难过，像是滚滚大海一样席卷了她的心神，那些午夜梦回的担忧和害怕，虫蛇一般纠缠着她的神经，这一瞬间的放松，让这把硬磨出来的钢刀，直直倒地而去，合上了她疲惫的眼睛。

"谢谢你。"她吐气如丝，倦容安详，然后昏睡过去。

"琥珀——"

淘淘的惊叫声如一把刷子般刷亮了两个女生的眼，刷净了她们心中蒙蔽的心。

"琥珀——"

两个女生异口同声地叫，清脆响亮，焦灼万分。

山洞内。

晶莹的眼睛，蒙着薄薄的雾气，一眨不眨盯着身边的三个人，琥珀醒了。

看到三个小伙伴焦急的目光，她欣慰地笑了。

"来吃点东西。"淘淘递水又递水果。

琥珀一一接过，心头的暖意漾起层层涟漪。

"吓死我们了，你居然昏睡了一天。"安琪担忧地说。

"一天！"琥珀有些吃惊，这才注意到身处岩洞，洞外站着那个土著人。外面阳光和煦，轻风习习，浪花微卷，美不胜收。

不过她实在太饿了，不顾形象就狼吞虎咽，永远都吃不够的样子，

面前一堆食物在迅速减少。

淘淘越看越心疼,两个女生越看越心酸。

"你一定好几天没吃好没睡好,"淘淘轻声说,"慢点吃,吃完我们再去弄。"

"谢谢。"琥珀含着食物应声。

"是不是发生了什么大事?依酋长的残暴,会让你自由吗?还让你带随从——那个土著人,他一副听候差遣的样子,哪像逼迫你寻宝呢?"淘淘看看手上的藏宝图,思考了片刻,"这张藏宝图你肯定知道怎么回事?为什么给我们?我不认为是你做的,这几天我确实对藏宝图研究了一番,难不成是哪个人故意让我们先研究研究?免得寻宝时像只无头苍蝇乱转?"

"你分析得没错,那是有心人给你们的。"琥珀看看他,投出赞赏的光芒。

"有心人?"三个小伙伴诧异地问。

"首先不是虎克船长,也不像土著人,难道还有第三方?岛上还有我们不知道的人存在吗?"淘淘恍惚间站起来,像冲破一层迷雾般,目光闪亮,"对了,那个开走海盗船的人,他明显是个异类,不是土著人,会不会是他的人?即使不是他的人,肯定和他有点关系,又或许这第三方是流落于岛上的外人,只是他们隐藏得太好,没被我们发现,也没有让土著人觉察。照此分析第三方的人数绝对不多,人多最容易打草惊蛇,在岛上的时日应该不长,第三方的目标也是宝藏吧?"

琥珀瞪大眼睛细看他,草草吞下最后一口瓜果,"你的判断能力超棒呀,还真小瞧了你。"

"你不知道,淘淘可是我们学校出了名的侦探兼探险家。"安琪可没夸口,她打心眼里欣赏淘淘哦。

文文忍不住跟了一句,"我们三个还是铁三角,遇事互帮互助,从来不会抛弃朋友。你也是我们的朋友。"

"朋友?"琥珀没想到他们这么快接受她,感动在眉宇间流动,声音差点哽在喉间,目光环视三个小伙伴的脸,"我,我太对不起你们了。"

"过去的事谈它干什么,我们现在不是好好的吗?"淘淘并不介怀,两手摊开藏宝图。

"别内疚哦,快让自己开心起来,好久没见你笑了。"安琪生涩地笑笑。

琥珀莞尔一笑,红晕如灿霞,恰似一朵芙蓉花。

文文淡笑,一样温和清丽的笑颜。

淘淘抬起头,与琥珀的目光不期而遇,他自然露出阳光灿烂的笑容。

随之他们再次开心地笑开了。这是三个小伙伴和琥珀相识以来,在彼此坦诚的境况下,没有任何负担的微笑,没有忧虑的微笑,只有友情

的微笑。

　　藏宝图两面都有内容，正面为藏宝地点，背面为梦幻岛的经纬度。正面绘有山脉、丘陵，几十条蚯蚓路线，缀上几棵小树标识，两三个红叉叉落在丘陵地带，四个大小不一的骷髅头不规则地分布于山脉的纹理间。

　　看似简单的图画，似乎蕴藏着玄机。

　　见淘淘凝眸沉思，而两个女生两眼茫然，琥珀脱口而出："你有什么看法？"

　　"研究过很多可能，都没敢亲自尝试，当然，现在不一样了，我们马上去验证一下就知道了。"淘淘一直盯着藏宝图，看来他一认真起来，拦都拦不住，"这张藏宝图看似小岛的构造图，其实不然，试问一个藏宝者会有心思把整座岛观察个遍吗，还绘出地图，何况岛上有土著人，受敌阻拦的情况下是尽快瞄准方向藏宝，免得滋生事端。"

　　"你先听听藏宝图的来由，有助于接下来的判断。"琥珀急急地接口说。

　　"说吧。"

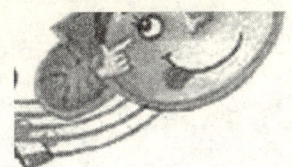

17 寻宝之旅

花费了十分钟，琥珀才把乔尼盗宝、潜逃、藏宝等事迹一气呵成、毫无保留地讲完。

安琪已经激动得两眼熠熠生辉，"天哪！真有大批的金银珠宝！若找到宝藏，我要用无数财宝当被子盖，然后舒心睡个觉，也不枉此生了，既满足了虚荣心，又做了南柯一梦，心情或许会好受些。"

"你呀，知道得不到还不死心。"文文逗趣说。

"可惜没相机，想留个纪念都落空了，只好把那种美梦烙在心上。"安琪不知神游哪儿去了，眼底的光芒实在太耀眼。

琥珀轻笑，幽幽道："有趣。"

淘淘一本正经地切入正题："盗宝者的最终目的是分赃，不是为了藏宝，此藏宝非彼藏宝，即暂时安放，因此地点不会太复杂、难走。那种情况下他们应该更倾向于速战速决。画图者没有高超的笔调，用了一种速记法，简单扼要的几个提示，说明藏宝地点有这些东西做标识，可以用来确认，这是第一种设想。"

"设想二，藏宝人坐于藏宝点观望对面景物绘制出图画，那么寻找

小岛惊魂之海盗公主传奇

那个能直观画中所示事物的位置即可。"

"设想三，我们绘制出梦幻岛地图作为参照物，寻其不同之处下手，或者相同之处下手。"

"设想四，用各个角度查看藏宝图，经过我倒看竖看横看，几十遍的观察结果，得出几个图形，可以以这几个图形为范本找事物，也许宝藏就找到了。"

"设想五，结合背面的经纬度——"

琥珀有点等不及了，插了一句话："开始行动好吗？原来你的脑袋瓜这么灵活，比我还会天马行空，分析得如此详尽。"

"出发！"淘淘跳起来，兴奋异常，有动力就是不一样。他冲出岩洞，沐浴在阳光下，点点金光在他身上闪耀、跳动。

寻宝队一路走走停停，研究方案，顺道欣赏风景。梦幻岛的风景真不是盖的，显山露水，原始森林郁郁葱葱，各种名目的动物飞蹿，与四季山比邻而居的岩石崖，鬼斧神工的断面和形态，堪称奇迹，就是不知道可以算第几大奇迹。

身边有个土著人就是不一样，不仅避开了许多陷阱，还能使唤他干这干那，遇到大型动物时，还能见识土著人如何巧妙化险为夷。惊险刺激的旅程使得三个小伙伴血脉贲张、兴致盎然，在快乐中旅行。

岛上动物和陆地上的动物没有区别，除了那种叫麒麟兽是个特例，倒是没再见到异兽。

他们花了五天时间走完一半岛屿，宝藏在哪儿没有找到半点影子，实践和想象还是有相当大的差距。淘淘提供的方案似乎不可行，这让他十分郁闷，他都怀疑这张藏宝图是假的。

这天，天气阴沉沉，云层压得很低，风力只有丝丝缕缕，挠得每个人心里发痒。

在这片海域三个小伙伴见到了"有心人"，以及一群干苦力的土著人，包括虎克船长、大力士和八个水手。

风向偏南，没有刺眼的阳光，他们反而能更清楚地观察到米奇罗。他站在一群人中间，造船人员一个个挥汗如雨，虎克船长也一样，一刻不停地干活，航海船已经显现雏形，雏形下挖得很低，还垫了木头，目的是为了方便航海船入水。

海滩上堆满了木头，还有牢固的藤绳。引人注目的不止米奇罗，还有四只麒麟兽站在四个方向，如忠实的守卫，守护主人的安全，监控那些免费劳动力，防止暴乱。

米奇罗身穿的衣服有些破，却不影响他一身清爽的气质，整个人光华闪烁，如鹤立鸡群。尽管他的个子不是最高，举手投足间却从容淡定，跟个指挥官似的。

他身后紧跟着一只麒麟兽，看样子应该是贴身保镖。这个精明的少年已经掌握控制麒麟兽的技巧，海滩上留了五只，还有五只当然是守在土著人的巢穴。

三个小伙伴看呆了，琥珀则露出愤愤的眼神。

"好壮观的场面，好恐怖的麒麟兽啊！"淘淘不禁感叹连连。

"好帅的少年！"安琪痴痴的表情。

"好压抑的风景！"文文的视角还真不一样。

米奇罗已经注意到不远处的椰树下有三个小伙伴、琥珀和"跟屁虫"土著人，他不屑的神态实在有些欠扁，还故意勾出一抹恶意的邪笑，衬得整张脸深不可测，那深邃的目光，似乎隐藏了危险的火种。

"好亮的眼睛！"淘淘能感觉到那股寒意，不由得瑟缩了一下。

安琪完全沉迷于他的美貌，和他一身气宇轩昂的气质。这个与众不同的少年啊，倒让文文心里种下了一个谜。

琥珀寒心地说："他叫米奇罗。"

寻宝队绕开庞大的造船队伍，一路向北行去。

攀上四季山，眼前绚丽的景色交替，如璀璨的霓虹灯，琳琅满目的饰品，让人眼花缭乱。

顶峰白雪裹地，散发出美轮美奂的光芒，恰似北极光，有七彩光芒似霓裳穿在身上，瑰丽不失真，壮丽不失雅。

美得叫人叹服，令人向往！三个小伙伴和琥珀的身心都融进了这座绮丽山脉。只有土著人眼神麻木，机械似地跟着，比木偶人稍微强点，几乎没有自己的思想。

琥珀的情绪很快进入低潮，她想念爸爸，担心爸爸，如果船造好了，宝藏也找到了，是不是死期就到了？

"你在想什么？"淘淘关心地问，瞥一眼两个女生，她们居然在玩雪球，乐不可支的样子。

"米奇罗会放过我们吗？"琥珀抬头，清冷的目光直视他的眼睛。

淘淘再次摊开藏宝图细细查看，这些天他几乎时时在看，认真程度无法比拟，琥珀都有点佩服他的执著。

浓密的睫毛遮住了他的眼神，他依然专注于藏宝图，"直觉告诉我米奇罗不简单，似乎有股杀气，第一眼看到他就是这种感觉，希望他不是那种'挡我者死'的专横人物。"

话题似乎显得比较沉重，琥珀不会避重就轻，她已经不再对三个小伙伴心存芥蒂，有话就直说了。

"米奇罗很危险，不管在任何时候都能保持一颗清醒的头脑，在他眼里只有宝藏和他自己的生命。"

淘淘仰了仰头，犹豫着什么，淡淡地说，"不是嗜血者就好。"

"那天他在夕阳下对我说，他家世代猎奇，专门寻找各类宝藏，仿佛骨子里已经印上这种记号，让他欲罢不能。"琥珀眼底闪过光芒。

"恐怕对于寻宝已经升级成一种信仰，否则他不会这么说。"淘淘举高藏宝图看了又看。

"有道理，太有道理了，我就说么，他怎么那么爱财呢，原来是这样。"琥珀频频点头，一副释然的神色。

"不过他已经无药可救了！"淘淘的话恰似一道响雷，重重击向她的心脏。

琥珀怔了许久，眼睛在雪地里漫无目的地巡游，声音听起来那么遥远，"——是——吗？"

"他一个人形单影只，还敢做那么多事，已经不是普通的寻求刺激，你不觉得他早已达到了疯狂的地步，这号人肯定是不达目的不罢休。"淘淘说。

琥珀眼神收缩，紧绷到发酸、发涩，吐出几个字，飘渺的话语："不罢休吗？"

突然，淘淘惊叫了一声。

琥珀和两个女生也吓了一跳，土著人则一眼不眨地看着他。

淘淘叫她们围在一起，不想让土著人觉察到什么，随便找了一个借口支开他。

望着向土著人消失的身影，他笑了笑，回眸对她们说：

"这张藏宝图有陷阱！"

"什么？"她们同时瞪大了双眼，不解地看着他。

"你们看，"淘淘把藏宝图展开，摊放在雪地上，手指图上一道深浅不一的纹络说，"这图是拼起来的！"

"拼？"疑惑再一次袭击她们的脑袋。

淘淘用一个动作把她们吓得心脏失去了节奏，他居然用刀片划开了纹络，藏宝图顿时成了两半，然后他把两半图反方向拼在一起。

没有人不瞪大眼睛，吃惊得发痴。

还是淘淘先开了口："岩石崖，画上所显的景是岩石崖！"

"踏破铁鞋无觅处，得来全不费工夫，对面便是岩石崖！"文文遥

指远方，喜色不言而喻。

安琪定定神，望向岩石崖，一脸喜不自禁，差点就跳起来舞蹈。

琥珀的反应由吃惊到平静，看着淘淘的眼神多了几分深沉，"你居然能发现这道破绽？"

"不敢相信是吗？"淘淘放松无比雀跃的情绪，凝视她那双射出怪怪目光的眼睛，"这道纹络确实很普通，画图者还在纹络上加了几笔，看起来就像画出来的，很难让人产生异想。但是画图者忽略了一个重点，画是拼起来的，难免会有间隙，加上辗转三十年，这道浅显的缝隙已经藏污纳垢，缝里那些细细的灰尘就是证据，没有人会注意那个，连我都没在意，只是认为画有点脏了而已。"

"那你又是怎么想通的？突发灵感？脑子一道光闪过？还是某人一句话点醒了？"琥珀故意刨根问底，装出一脸严肃的样子。

淘淘被她的"连环炮"问得大笑不已，捂住笑得闷疼的肚子说："侦探对于越是细不可闻的事物越要注意，往往人人忽略的东西更有参考价值，加上我犯错时懂得及时改过，自然抓住了这个'灰尘'问题，细究之下答案便呼之欲出，想不如做，干脆下手剖开画，就这样。"

"服了你！"琥珀眉开眼笑，美丽动人，眼眸闪光。

淘淘却显出难得的严谨态度，正了正身姿，认真地说："有没有办法救出酋长？"

"你，这是——"琥珀愣住，完全无法抓住他的心思。

18 意外之战

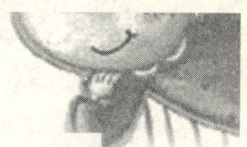

两个女生也是莫名其妙地看看淘淘,又扫一眼琥珀。

"我不知道酋长关在哪里?如果知道,成功的概率也不大,米奇罗太精明,我不相信我能轻易得手。"琥珀轻叹。

"你不是说酋长关在一个只有米奇罗才知道的地方吗?"淘淘用询问的目光看着琥珀。

"是啊,他没必要骗我,我都恨不得杀了酋长替我爸爸解恨,他打过我爸爸,下手太狠了,所以我救别人也不可能救酋长。"琥珀说。

"我也不想救酋长,但是唯一能与米奇罗对抗的人恐怕只有酋长。"淘淘不假思索地说。

"难道你想——"

"对!"淘淘直接肯定她的想法。

"可是,我无法得知他关在哪里?"

"既然只有米奇罗才知道的地方,说明他不会让外人送饭,自己会

亲力亲为，恐怕酋长的饭食会少得可怜，他不会傻到让敌人体力充沛，可能是一天一顿饭，也可能是两天一顿饭。不管怎么样，他会去送饭。"

"明白了。"

"我们现在采取分离计划。"淘淘眺望前方，"文文，你和土著人在四季山转悠，我和安琪去岩石崖找宝藏，琥珀你一个人去跟踪米奇罗，行吗？"

两个女生没问题，琥珀也没异议。

三个小伙伴知道，琥珀的行动最危险，非常担心她。

"没事，我的本事你们不是见识过了，我可是单枪匹马力敌一百号土著人，虽然都是投机取巧的手段。"琥珀又褒又贬。

三个小伙伴真不是滋味，越发地忧郁起来。

淘淘深深地看着琥珀，仿佛她就是最坚强的苍松，"你很坚强，也许……谁都不会有事。"

琥珀仰望高空，眼神顿时好似天上的星辰，充满了璀璨明亮的光芒。

两天后。

夕阳无限美，但是在血腥的战场上再美的夕阳也枉然，陡增一抹抹凄然的光环。

砰——

天空中划下一道悲凉的气势，震得海滩上的人群陷入迷惑和惊恐中。

鲜血如注，从伤口中喷薄而出，染红了洁白的沙滩，留下一摊触目惊心的红，一只庞然大物的脑浆在破裂后，如一座高楼般轰然倒塌。

众目睽睽下，麒麟兽就这样死了，被远处一个举着猎枪的人打死了，他的目光炯炯有神，闪烁浓浓的杀意，身边一个人也没有。

咔嚓！

又一颗子弹上膛，这一声脆响敲碎了满场的宁静。

海滩上堆着乱七八糟的造船材料，航海船已造好了一半，所有人都慌乱起来。

海水泛着波光，在米奇罗的脚下细细滑走。他举起血号角，眼底的光芒闪过疼惜，迅速转化成恶毒的仇恨，有置人于死地的杀机。

号角声刚响，那个开枪击毙一只麒麟兽的人——酋长，他也吹响口哨，响亮悦耳的声音如战鼓般敲响。

天地顿时玄黄一片，长风斗卷，尘土飞扬，无数颗心都悬起来。

待尘埃落定，海滩上出现两种兽类，一方是九只麒麟兽，另一方是酋长训练有素的鬣狗。三十只鬣狗外形似狗，脑袋大，头骨粗壮，耳大且圆，前半身比后半身更强健，肩膀很有力量，比猎豹的力量还强大，走路和奔跑的姿势并不好看，但是非常迅速而且有耐力，连续跑几个小时都不会累。

此刻，三十只鬣狗眼光凶残，闪着青光，獠牙白森森，滴着恶心的口水，污染了亮丽的沙滩。

酋长深藏不露，这是他最后的秘密武器，从小就训练的鬣狗，一直没有示人，怕是训练得不够成熟，迫于形势只得搬出来。

小岛惊魂之海盗公主传奇

猎枪当然是虎克船长的,他早就藏起来了,为防日后突发事件之用,酋长总会给自己留好后路。

麒麟兽威武的身形表现出一股压人气势,红彤彤的眼睛发出嗜血光芒。

气氛紧张,剑拔弩张,一触即发,双方严阵以待。

虎克船长他们和土著人完全懵了,这是一种什么形势,他们该站在哪一方?

虎克船长不动声色,把自己的人集中起来,悄无声息地退到战场外——海水里。游个泳好像也不错,有几个水手已经把身体埋进水里,露出脑袋东张西望,其实心里害怕得不得了。

米奇罗可不是傻子,暴怒吼声响彻天空:"谁都别想坐享渔翁之利,给我上!"从琥珀身上搜走的手枪已经掏出来,枪口正对着虎克船长。

无奈,虎克船长只好遵命,带领手下迈到战场前锋,同时还有土著人。这些干活的土著人似乎对酋长没有好感,甚至有人是满腔怒意。

这个酋长当得真失败,是个暴徒,还常常搞什么祭祀,用人当祭品,有人要推翻他是无可厚非的。

这些土著人敢这么敌对酋长有一半功劳来自米奇罗,他也会给自己留后路,虽然让土著人干活,却没有亏待他们,因此土著人由被动变成主动,他们也希望外人赶快离开梦幻岛,他们只想安稳过日子。

米奇罗是个有仇必报的人,对虎克船长他们就相当地差,导致虎克船长精力不佳,体力不支。大力士和水手的情况也不好,整天累死累

活，现在又要战斗，他早已吓得魂飞魄散，一个个半死不活，要瘫倒的架势。

双方阵营虎视眈眈，海风吹乱了人类的呼吸，一时间又静悄悄，静得可怕。

密林里，三个小伙伴和琥珀透过草丛窥视状况，身边已经没了那个跟屁虫土著人，他们早已把他打晕，捆住。

琥珀焦虑不安地说，"怎么办？这算是意外吗？米奇罗让我爸爸参战，这不是想害死他吗？我要去救爸爸！"

三个小伙伴和琥珀为了完成计划，这几天忙得焦头烂额。酋长被琥珀放了，三个小伙伴也找到了宝藏，安琪实现愿望，枕着无数财宝睡了一个晚上，虽然硌得她浑身疼痛，她倒不后悔。

琥珀还没冲出去，便被淘淘拽住了，海滩上已经爆发出喊打喊杀的声响。

不知是谁起的头，一石激起千层浪，霎时间，混战开始了。

鬣狗逮着人就咬，鲜血横流，染红一片又一片的沙滩，人类举起屠刀在挥舞中，砍断了鬣狗的四肢，麒麟兽的铁蹄踏过鬣狗尸体，鬼哭狼嚎的惨叫不绝于耳，潮湿的空气里血腥漫漫，杀机四伏。

窥探的人已经惊呆了，从来没有见过如此惨烈的战斗，人兽纷飞，分不清谁是谁非，只有血液飞溅，人影飘摇。

枪声响了好几下，也不知道谁打中了谁，惨叫一声盖过一声，飓风突来，飞沙走石，把凌乱不堪的战场演变得更加血腥恐怖，呼啸的北风仿佛在撕裂人心，不少人在崩溃中，杀红了眼，陨落了生命。

"爸爸——"

琥珀撕心裂肺的叫声还没消散,人已撒腿冲出去。

"琥珀——"

淘淘第二个控制不住自己,紧随过去。

"淘淘——"

两个女生同时跳起来。

"你们待着,别出去找死啊!"淘淘还有理智,回头甩了一句话。

两个女生怯生生地低下头,继续蹲在草丛里。

忽然文文站起来,眼神带着希冀之光,"淘淘,千万要小心啊,快点把琥珀安全带回来!"

双方死伤无数,战场在激战中冷却下来,处于休克状态。

酋长受了重伤,失血过多,横卧在血泊中奄奄一息。

三十只鬣狗全部死光光,麒麟兽只剩下三只,虎克船长一行人比较精明,装死的装死,装昏的装昏,没人死亡,受伤的倒是有,土著人还真是拼命,伤亡惨重。

米奇罗一只腿中了子弹,一只手被鬣狗咬了一口,几乎浑身浴血,整个人瘫在甲板上疼得直叫唤。

夕阳的光辉惨淡,海滩上鲜血淋漓,杂乱无章的残骸遍地,成形的船只破烂不堪,摇摇欲倒。

美丽的海滩已经变成人间地狱,充斥着罪恶,把人的感官逼到极限,无人不为之失色。

浪涛停,风声止,只余哀号和呻吟流转。

"爸爸!"

琥珀终于找到虎克船长,她紧张得不得了。

虎克船长趴在地上,身上血淋淋,睁眼时,眼球布满血丝,加上灰败的脸色,极度恐怖。

"爸爸——"琥珀又怕又急,怕他会死,急得泪水四溢。

虎克船长看着女儿,关切的声音浑厚,"你有没有受伤?"

琥珀抽泣起来,满心酸涩,"没有。你伤在哪儿?我帮你包扎一下伤口。"

"没事,身上的血不是我的,我只不过很想睡一觉。"虎克船长眨了眨疲倦的双眼。

"不要睡爸爸,我不要你死,我不能失去你,爸爸,你不要丢下我,我一个人会害怕,爸爸……"琥珀说到最后泣不成声,绝望的脸庞惨白一片。

虎克船长恍然,露出一个慈祥的笑容,"傻瓜,我只是累了,死不了。"

琥珀为自己的误解略感羞涩,嘴角扯出一个安心的笑,"睡吧,我在一旁保护你。"

虎克船长听到这句话,忽然老泪纵横,心里五味杂陈,声音瑟瑟颤抖,"女儿,你真是我的好女儿。"

琥珀用衣袖擦擦他的脸,心湖涟漪不断,一开始的激动、害怕让她很难平静。

虎克船长缓缓闭眼,舒心入睡。米奇罗连睡眠都给剥夺了,总之虎

小岛惊魂之海盗公主传奇

克船长没睡过好觉,早已困得慌。

搞笑的是,大力士和水手们都睡着了,痛叫声中还响起了打鼾声,甚至比雷还响。

这种场面,令人啼笑皆非。淘淘站在琥珀身后,目光锁定船上的少年。

那个少年正用迷惑、惊奇、懵懂、愤怒等眼神注视他,嘴角似乎抽搐了好几下。

那种复杂的目光令淘淘倍感不舒服,他轻叹一声,说:"米奇罗,你败了!"

米奇罗一下子醒悟过来,眼神凌厉好似尖锐刀子,狠狠地刺在淘淘身上,"居然是你们干的好事!我小看你们的力量了,不过,我还没输!"

说完,他迅速抓起落在一旁的血号角。

淘淘一惊,面色阵红阵白,"慢着!我们不如谈谈条件,赶尽杀绝对你没好处。"

"哦?你有什么资格和我谈条件?"米奇罗忍住痛,语气坚决。

淘淘仰望居高临下的米奇罗,正了正色,"宝藏!"

米奇罗立刻坐正,语调清冷,双目却泛着光彩,"你们找到宝藏了?"似乎是不敢相信才出此言。

"宝藏可以给你,条件是交换我们所有人的性命,外加一艘航海船。"淘淘不卑不亢地说。

"好像你还没搞清楚状况,我的力量还没完,你当那三只麒麟兽是吃素的吗？只要一只就能轻易把你碎尸万段！"米奇罗的恶毒言语十分响亮。

淘淘苦笑，连他都不敢相信自己会说出这句慷慨激昂的话："那我只好把宝藏带进棺材里了！"

琥珀被怔住，她抬起头望向淘淘，一种莫名的情感在流动。

彼此沉默，气氛进入僵持状态。

两个少年的眼神在半空中交击在一处。

米奇罗身上的伤口还在淌血，面容苍白若纸，不得不打破僵局，他抬起另一只没受伤的手，手心握着血号角，指向淘淘，口气还是那么狂妄：

"你便是我的人质，如何？"

话音刚落，一声激荡人心的枪鸣划空而过，不管是视觉还是听觉，这一枪就如高空投下一颗原子弹，立刻震撼了每个人的脑袋，几乎是一片空白。

啪嗒！

随着东西的破裂声，所有人又呆若木鸡。

血色碎片如破碎的翅膀纷纷下落，像一片片雪花映入英俊少年眼里，化作寒冰，冷冻周身空气。

血号角被人一枪打碎了！米奇罗发狂的眼神迅速射向罪魁祸首，这个结果他无法接受，浑身抽搐不已。

淘淘和琥珀反射性地朝后望，一阵木然。

酋长恍如一只疯狂的猎豹，鲜血在他身上变得狰狞，回光返照的脸

上凄惨可怖，染血的猎枪直对向米奇罗。

"啪"的一声，猎枪从他双手滑落，砸得沙粒纷飞，"轰"的一声，他挺拔的背脊如折断的长枪，埋入血沙里，不再动弹一下。

米奇罗瞬间反应过来，眼睛里全是惊恐，出了一身冷汗，他发现酋长的视角不好，否则中枪的绝对不是血号角，而是他本人。

待其他人如梦初醒时，海滩上又发生一件惊天事件。

三只麒麟兽在僵硬片刻后，发出震动天地的嘶吼，仿佛天空也要被这叫声撕开一道大口子。

震耳欲聋的声音势如破竹，把所有人震得两耳嗡嗡乱响，脑袋几乎处于半昏迷状态。

哗啦啦——

三只麒麟兽飞奔入海，离海滩越来越远，如蛟龙般一头扎入深海，激起水花，扬开水雾，消失得无影无踪，就像从来没有出现过。

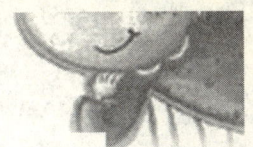

19 新生号

一切归于平静，残阳没落，黑暗袭来。

一个踉跄的身影闪入林间，仿佛和这黑夜融为一体，辨不出颜色，只余寒气缭绕，沁入人心。

"就这样让他跑了？"文文惊讶地问。两个女生不知在何时也闯入血腥之地。黑暗淹没了一切，视觉不再难受，只是空气十分难闻。

"让他走。"这是一句肯定句，意思是不要追了，说话人是琥珀，她的神色在夜色的掩护下无法看清。

新的一天开始。

朝阳无限美好，带着暖人的温度，给众生镀上一层金光。

琥珀站在椰树下挥手，明媚的阳光下她的笑容灿若春花耀过星辰。

三个小伙伴朝她跑过去，兴奋地挥起双手。

这是另一片海域。而昨日的"战场"也在一次涨潮中洗尽了血光，掠走了残骸，连破船也一并收走，留下的只有沙粒、蚌壳、海藻，外加几只螃蟹。

"事情办得怎么样?"淘淘目露焦急之色。

"谈妥了,虽然全是用手势谈判,还好有爸爸在,他最了解土著人了,我只是在一旁压压硝烟,毕竟我爸爸长得比较横,适当灭火总免不了,他脾气太差了。"琥珀开心得两眼发光。

三个小伙伴听到结果,一致高兴得手舞足蹈,差点跳起土著人祭祀时跳的怪舞。

"酋长死了就是好,没有人再阻拦我们了,土著人同意帮我们造船,简直不敢相信,还是和平解决矛盾的主意好。"安琪笑得合不拢嘴。

"现在就是等待了,真想家。"文文有些忧伤。

"我们会回去的。"淘淘自信满满,打包票的口气越来越坚定。

但愿吧,琥珀在心里说,隐隐有不安的思绪在涌上心头。"不达目的不罢休"淘淘用这话概括了米奇罗的为人。她担心,不仅是担心米奇罗不罢手,也担心他的伤情。

眼前似乎还闪过那一幕,米奇罗就如一只受伤的野兽逃离"战场",一双明亮的眼睛变得暗淡无光,仿佛哀伤无比,从来没见过他有如此脆弱的一面。

"琥珀,琥珀——"

淘淘一连串叫声,唤回她的意识。

琥珀一扫恍惚的神色,压低声音说:"我爸爸还想带走宝藏。"

"造船才是重点,这里不是现代都市,很多材料只能凑合,到时候质量如何,承载量如何都不知道,不关心造船,还想着宝藏干什么?"淘淘一副不屑的表情。

"所以我没告诉他宝藏在哪里,只说船造好了再去运,他也没再多说什么。"琥珀收回许多情绪,缓步走向海滩。

阳光在她身上勾勒出美丽的弧度,似一件轻纱披身,闪着朦胧的

白光。

半个月后。

一艘航海船搁浅在浅水区,船体构造不是很大,新颖且小巧,船帆用的是最好的绫罗绸缎,有许多零部件看似怪异,实是岛上特产。这些野人终于知道发展生产力了,为了造这艘船没少学东西,以虎克船长的专业水准,这船航海没问题,只是——

小小浪花在船脚下轻拍,海鸥在船上空翱翔。虎克船长给船命名为"新生号"。

蓝天下,骄阳的炙烤中,一群人在"新生号"下方忙得不亦乐乎,一箱箱沉重的珠宝被集中起来,算起来大约有十二箱,每只箱子都是钢琴烤漆,连箱子都这么值钱。

人群中一个土著人也没有,今天虎克船长他们准备出海。

大力士和水手们在虎克船长的指挥下把箱子搬上"新生号",当箱子上船,吱吱嘎嘎的声响不断发出来,仿佛易碎品,有种要崩裂的感觉,十二只箱子上船,"新生号"往下陷了几十公分。

虎克船长的眉头皱了又皱,阴云密布的脸上似乎将要刮风下雨。他已经意识到船开不走,因为珠宝太重了,加上船舱里堆放着几百斤食物,船体承受不了。食物还是土著人帮忙弄的,他们只是走走路,花些力量运到船上。

三个小伙伴从另一端海滩跑过来,他们刚刚去洗澡了,为出海做准备。

喜形于色的小脸上两只眼睛闪闪发光,他们期盼着回家。

"琥珀呢?"淘淘没有看到琥珀。

文文瞧见红袋鼠趴在船上睡大觉,笑着说:"也许她在船上。"

淘淘问身旁的人,一个少年水手说:"不知道,她刚才还在。"

轻轻的,她来了!

浓荫下,琥珀一步一步踏到阳光下,走得似乎很艰难,泪眼迷蒙的望着远方,一头漂亮的卷发明晃晃,整个人好似从画里走出来,梦幻而缥渺。

突然,她顿住!

隔得太远,三个小伙伴没有发现异常,正朝她奔过来。

"站住!"

琥珀命令的声音,叫得十分响亮,仿佛很无奈,还带着苦涩。

三个小伙伴不解,却也听话地站住不动。

虎克船长他们远远望着,脸上不知道什么表情。

"怎么了?琥珀?"淘淘满脑子疑惑。

一团黑影缓缓移动,一个少年出现在阳光里,他还是那么干净,身上的伤似乎愈合了,蓝眸异常闪亮,仿佛月亮住在里面,恍若阳光都投注在那一汪幽蓝里。

三个小伙伴骇然,虎克船长他们也怔住。

少年面无表情,目不斜视,一只手举着黑漆漆的手枪,轻松抵在琥珀的太阳穴,另一只手臂攀到她脖子上"钳住"不放,勒得她脸蛋通红,呼吸气息加粗。

这一幕震慑住所有人。

"米奇罗,你干什么?住手!放开她!"淘淘一声咆哮,惊飞了沙滩上栖息的海鸟。

虎克船长急得就要冲上去拼命,没跨出几步,米奇罗的警告就响起:

"站住!谁也不许动,否则子弹不长眼。"

三个小伙伴彷徨的神色一览无余,却只能焦急地看着。

米奇罗劫持琥珀上了船,站在最高处,命令虎克船长开船。

阳光下，两个人异常闪耀，让人无法移开眼。

虎克船长冷冷吐出一句话："船开不了！"

"想骗我的话，麻烦你找个有技术含量的借口。"米奇罗的目光扫视珠宝箱，笑容浮在脸上，喜悦之情不言而喻。

"我女儿在你手上，难道我还会骗你吗？"虎克船长气急败坏地说，脸都绿了。

"既然如此，为什么你不造大船？至少要造一艘能运走宝藏的船。"米奇罗眼珠子一转，晶亮的眸子射出寒光。

"我也想造大船，可是材料有限，我能怎么办？这个蛮荒之地可不是大都市，能造出这样的船已经是万幸。装载宝藏后我才发现船开不走，这个我没料到，也许想过，只是抱着一线希望，结果还是失望了。"虎克船长带着一股明显失意的情绪。

三个小伙伴一步步靠近"新生号"，担忧的脸上汗水直流，愈来愈浓的不安在内心交织缠绕。

米奇罗瞪了一眼三个小伙伴，无奈之下他们只好止步，远观动静。

杀气直线上升。琥珀惆怅茫然，轻轻地说："恐怕两者只能选其一，要船，还是要宝藏，全在你一个人的决定。"

米奇罗恨恨地说："我两个都要！"枪口顶着琥珀的太阳穴更加紧了。琥珀疼得龇牙咧嘴。

"你这个臭小子，先把琥珀放了，我就把船和宝藏都给你。"虎克船长几乎急火攻心。

"你敢不给！"米奇罗眼睛瞪得通红。

杀气在热乎乎的空气中越来越紧绷。

"只好麻烦你再造一艘货船了，把两艘船拼起来，应该可以运走吧？"米奇罗急转直下的情绪瞬间又爆发，一副激动不已的样子。

"亏你想得出来，材料不够！能造出这艘'新生号'已经是极限！"虎克船长一双极为冰冷的眼睛深不可测，闪烁着纯然黑暗的光芒，像是两颗冷冽的黑玉。

米奇罗看得出虎克船长痛恨他，同时敏锐觉察到气氛有一丝异样，不禁目光收缩，若有所思。

砰！

一声枪响直冲云霄，袅袅白烟飘浮。当场震惊了所有人。

谁也没想到事情发生得如此突然，只是一瞬间的事情。红袋鼠一觉醒来时，见到主人有危险，一时护主心切，想也不想就蹦过去。

形势所逼，米奇罗见到红袋鼠就要砸到自己，枪口急转，没有半丝犹豫就开了一枪。

偏偏红袋鼠意志坚定，身体还是冲上去，扑倒了米奇罗，还滑出一点距离。

琥珀当场愣在那里，震撼住。

船上一阵杂乱的脚步声，呼声四起。

片刻工夫，虎克船长就把红袋鼠身下的少年拖出来，恶狠狠地捆住他。

"袋袋——"琥珀抱住红袋鼠，又哭又叫。

红袋鼠一动不动，死尸一般。

噔噔噔……

三个小伙伴也爬上船，看到这番情景，完全没了主意，连话也说不出半句。

虎克船长夺走了手枪，顶住米奇罗的脑门，咬牙切齿地说："我一枪毙了你！"

"等一下，爸爸！"琥珀忽然站起来，嗓门高得吓人。

三个小伙伴也愣了一下。

猛然间，淘淘恍然大悟，唇上挑起极细微的笑。

米奇罗没有看谁一眼，高傲的头颅仰得比天高，一脸顽固的表情。

虎克船长瞪向女儿，黑眸闪烁着猛兽猎杀前的光芒，"怎么？他差点杀了你！你还护着他！"

"爸爸，我们不要再当海盗了，宝藏也不要了，到陆地上定居吧，我会养你，照顾你，让你颐养天年。"琥珀居然说出一番动情的话，语气有令人参不透的疲惫。

虎克船长一时间脑袋空白，一种亲情的暖流滑过眼睛。

米奇罗、三个小伙伴和其他人也惊愕了一下。

虎克船长一副了然的样子，这一次，声音显得轻柔许多，却更加地冰冷，"女儿，你太不了解老爸了，但是我了解你，转移话题也不能改变我杀人的心，米奇罗死定了，这种祸害留不得，屡次破坏我的好事，还把你心爱的宠物杀死了，简直可恨至极。"

话音刚落，"咔嚓"一声，虎克船长开枪了。

空气似乎凝结了，又似乎有爆破声。

"爸爸！"琥珀情急之下，一把夺过手枪，枪口擦过米奇罗的脸，一刹那间一颗子弹从他那头金发丝下窜过。

几乎人人吓得脸色煞白，琥珀最为明显，冷汗湿了后背。唯有一个人视若无睹，恍若身居高空的天人，神色泰然处之，长长的睫毛在眼帘下投出一层美丽的阴影，微眯的眼睛缓缓睁开，给人一种金光四射的感觉，右侧一团金发卷曲，发梢呈黑色，烧焦味飘到每个人鼻子里。

琥珀的心脏"扑通扑通"跳得剧烈，这一刹那仿佛经过了一个世纪。琥珀空白的思维找到了一丝安心，她在心里松了一口气。

虎克船长难掩惊讶，嘴巴张成圆形，心中一丝异样升腾，他最佩服

硬汉了,第一次见到有人在枪口下面色不改,气势凌人。仿佛心胸也放开了,他终于明白女儿为何会欣赏这个少年。

但是——

虎克船长的目光转向红袋鼠,一时瞠目结舌。

琥珀瞄了一眼父亲,失声笑出,"袋袋没死,连子弹都没有中,米奇罗开了一枪空炮,否则它身上不会不流血,你没发现它身上一点血迹都没有吗?只是袋袋胆子不够大,被枪声吓晕了过去。"

"真是的,胆小还逞能。"不知谁在一旁低语。

三个小伙伴看米奇罗的目光有所改变,似乎有崇敬之色。

虎克船长沉默了一会儿,一张脸又冷下来。

"米奇罗连危害他生命的袋袋都没杀死,更何况是我,我知道他不会杀我。"琥珀为虎克答疑解惑,态度认真从容。

"自以为是!"米奇罗一句话如一盆凉水浇了琥珀一身。

"你说什么!"虎克船长暴跳如雷,指着米奇罗吼道,"臭小子,你活得不耐烦了!敢用这种口气同我女儿说话。"

"哼!"米奇罗极度轻蔑的神态。

虎克船长一怒之下,抓起米奇罗丢进海里。

哗啦!

众人震惊中,少年已经和海水亲密接触。

"还有你们!"虎克船长一声吼,准备把三个小伙伴丢出去。

"干什么?爸爸!"琥珀护在三个小伙伴面前,目光不时瞟向海里,米奇罗在浅滩里露出脑袋,气色还好。

三个小伙伴也是相当不解。

"人多更运不走宝藏,我要裁员!"虎克船长说得理直气壮。

琥珀终于爆发,气愤地吼道:"要下船也不是他们,是你下!"

虎克船长双目圆睁,眼中有汹涌的怒火,一句话都没挤出来,不知在想什么。

突然,虎克船长笑得十分诡异,居然吩咐大力士和水手们把宝藏全部运回岩石崖。

这一招"完璧归赵"令所有人摸不着脑袋,探不到方向。

直到船空了,除了食物和人。

三个小伙伴也在船上,唯一不在船上的人是米奇罗。

虎克船长站在船舷上挥着手,哈哈大笑,"米奇罗,帮我看好宝藏哦,我很快会开艘大船回来取走的!"

一旁的琥珀苦着脸,思绪飘然,两眼紧紧盯着米奇罗,似乎是不舍。

"爸爸——"

话未出口,米奇罗惬意的声音飘来:"总有一天,我也会把宝藏全数带走!"

"看到没有,他不想上船,不是我不让他上船。"虎克船长头也没回,明显是对女儿说的话。

三个小伙伴摇摇头,无奈地叹息。

琥珀抿着嘴唇,两眼散光,转身走进船舱。

"那你要加把劲了,否则我回来时,你想带走一颗珍珠都不可能啦。"说完,虎克船长笑得更欢了。

少年在光芒流逝的海滩上久久而立,嘴角那抹笑,加深了些许,蓝眸熠熠生辉,如两盏探照灯,照向海上一帆孤影。

壮美夕阳中,"新生号"驶向远方。